世界少年经典文学丛书

豆蔻镇的居民和强盗

[挪]艾格纳　著
姜春香　编译

中国出版集团　现代出版社

图书在版编目(CIP)数据

豆蔻镇的居民和强盗／(挪) 艾格纳著 ；姜春香编译. —北京 ：现代出版社，2013.1 （2025.1重印）

ISBN 978－7－5143－1262－1

Ⅰ. ①豆… Ⅱ. ①艾… ②姜… Ⅲ. ①童话－挪威－现代－缩写 Ⅳ. ①I533.88

中国版本图书馆 CIP 数据核字（2013）第 021154 号

作　　者	艾格纳
责任编辑	刘春荣
出版发行	现代出版社
通讯地址	北京市安定门外安华里 504 号
邮政编码	100011
电　　话	010－64267325　64245264(传真)
网　　址	www.xdcbs.com
电子邮箱	xiandai@cnpitc.com.cn
印　　刷	三河市嵩川印刷有限公司
开　　本	700mm×1000mm　1/16
印　　张	9
版　　次	2013 年 2 月第 1 版　2025年 1 月第 4 次印刷
书　　号	ISBN 978－7－5143－1262－1
定　　价	39.80 元

序　言

孩子是未来的希望，是父母心中的天使，是充满快乐的精灵。小学阶段更是孩子最快乐的时光，是孩子成长发育的黄金阶段。为了让孩子学习更多的课外知识，享受更加丰富的学习乐趣，我们策划了本丛书！

从小让孩子多读课外书，对培养孩子健康的心态和正确的人生观无疑将起着非常重要的作用。自《语文课程标准》公布以来，不少富有敬业精神、有才干的教师，在他们的教学中，担当起阅读教育的重担。他们在严谨的选材中，利用丰富的文学资源，向学生推荐了大量优秀的课外读物，实施了以“练成阅读和作文的熟练技能”为重要内容的阅读教育。大千世界充满了丰富的知识。阅读能丰富小学生的语文知识，增强阅读能力，提高写作水平，开阔视野，增长智慧。阅读本丛书，能够使孩子享受到阅读的快乐，激发起更浓厚的阅读兴趣，孩子的生活将充满新的活力与幸福！本丛书精选了世界名著和中国经典书目中流传最广、影响最大、最脍炙人口的作品，是培养小学生理解能力、记忆能力、创造能力的最佳课外读物。

最后需要指出的是，本丛书把世界上流传甚广的经典童话、寓言等也尽收其中，并将这些文学作品重新编写审订，使作品在不影响原著的基础上更适合少年儿童阅读，在丰富他们课余生活的同时提高语言和文字表达能力。本丛书通过科学简明的体例、丰富精美的图片等有机结合，使小读者不仅能直观地领略作品的精髓，而且还能获得更为广阔的文化视野和愉快体验。希望本丛书能成为孩子生活的一缕阳光照亮孩子前进的道路，能成为一丝雨露滋润孩子纯净的心灵。

编　者

序

目 录

豆蔻镇的居民和强盗

烛芯汤姆

豆蔻镇的居民和强盗

（挪威）托尔边·埃格纳

豆蔻镇

豆蔻镇是一个非常小的地方，和一般村镇差不多大小。它所在的地方离我们很远很远，除了我和你——或许除了其他两三个人——以外，谁都不知道它的存在。

这是一个非常特别的地方，因为发生在那里的事情，在别的地方是不可能出现的。例如，你或许不相信，骆驼可以随便地在街上踱来踱去。有时，一只大象，或者两只大象，也会在街上慢悠悠地闲逛溜达。

那里有个老人，名字叫杜比雅。他留着一把特别长的胡子。还有莱莫和他的那只小狗，还有小贾莱娅和苏菲姑姑。当然那里还有一位民警，他名叫巴士贤，但是他不太喜欢抓人。当他在镇上巡逻时，他脸上总是堆满微笑，见到人总是要鞠躬，并且会问候一声："大家都好吗？你们生活得愉快吗？"实际上他所遇见的每个人也的确生活得很快乐。关于这一点，他还编写了一支小歌，不时还会哼唱一下，其内容是：

我是你们的快乐民警巴士贤，
我这个人一直对大家很和善，
我想大家也应该尽量做到这点。
我现在在这儿巡逻，很想要发现
大家都很愉快，
像我尽量希望能做到的那样子，

对一切事情都处之泰然。

现在我要宣布一条豆蔻镇的法律，
这对我们这里每个人都非常适合，
每个人都得做到可靠善良，
不要惹别人生气，也不要无理取闹。
大家都快快乐乐地过着日子，
在这个范围里，
你才能事事称心如意。

在豆蔻镇的正中心，有一个非常高的圆形房子，它看上去就像一座灯塔。那位既随和又可爱的老人杜比雅就住在它的顶上。这个老人是豆蔻镇最聪明的人。也许是因为他脸上长了一大把胡子的原因吧——他的这把胡子的确长得很长，像雪花一样白。

除了别的事情之外，杜比雅平时还特别关心天气。他有一个特别长的望远镜。他几乎每天都通过它来观察豆蔻镇周围的天气的变化。

有一天杜比雅正坐在窗子的旁边，观察着天气的变化。他发现远方有一块很大的乌云。看样子这块乌云将会爆发，形成大雨。于是，他马上走到阳台上来，大声喊道：

“请注意！大家请注意！现在为大家播报，今天下午的天气预报：大雨即将到来！”

像平常一样，街上的人们都跑回家里去取雨衣和雨伞。正在绳子上晒衣服的那些妈妈们，也赶紧把衣服又收了下来，拖进屋里去，尽管衣服还在滴水。不过她们还没有跑到家门口，风向就变了，乌云又飘到别的地方去了，所以这一天的大雨也就没有光临到豆蔻镇。不过人们却都打着雨伞，穿着雨衣，在街上来来往往，走来走去，一会儿望望天空，一会儿又嘟囔着：“今天会下雨吗？还是不会下？”可是最终雨还是没有落下来。有的人就生起气来，大声嚷道：“这个糊涂的杜比雅，他跟我们开了一个很大的玩笑！”

这天连一滴雨都没有下。不过第二天杜比雅却发现远方的天空中有很多漆黑的云层。他立刻走到阳台上，大声喊道：

“请注意！大家请注意！今天下午的天气预报：‘大雨即将到来！”

但这次谁也不相信他了：“不是那么回事，”人们说，“杜比雅，你再也不能跟我们开玩笑了。”没有人再跑回家里去取雨衣和雨伞。所有的妈妈们把她们的衣服依旧晾在绳上。太太小姐们也穿着夏天的上衣、戴着漂亮的草帽出去到外面——去郊游散步了。

突然，雨来了，而且下得非常大，雨点落在人行道上还跳得老高。在街上行走的每个人都被淋得像落汤鸡似的，至于太太小姐们，她们戴在头上的草帽已成了一堆堆乱草了。绳上晾着的衣服，不知比原来要湿了多少倍，还得收进屋后再把衣服中的水拧掉。

豆蔻镇的居民们都彼此看着，傻傻地发起呆来。“这可真滑稽啊，”他们说，“谁会想到这次杜比雅的话竟对了。不过他还是照旧跟我们开了一个很大的玩笑！”

杜比雅有个年龄小的朋友，名字叫莱莫。莱莫养了一只小狗，名字叫波尼。波尼和莱莫跟杜比雅一起坐在塔上观察云层。在天黑的时候，他们常常坐在一起看天空中的星星。

有天夜里，杜比雅对莱莫说，“你看到那里的星星了吗？那是颗希望之星。如果你看它偎在蛾眉月的怀中，你就可以实现一个愿望。”

“我希望自己能像你一样的聪明，”莱莫笑着说。

“终有一天你也会变成我这个样子，”杜比雅意味深长地说。莱莫抬起头望着他。

“是真的吗？”听到杜比雅的话后，莱莫急切地问。

“真的，我想你会做到的，”杜比雅看着莱莫说，“等到我将来老得不能够再干什么活时，你就可以来到这塔上代替我的位置，为豆蔻镇的人们观察天气变化。”

“我不知道自己能不能胜任这份工作，”莱莫不自信地说，“因为我没有像你那么一把大胡子呀。”

“等到你长大了，你也会长出一把大胡子的。”杜比雅安慰他说。

然后他就走向阳台，坐在望远镜旁边，观察着周围的世界。当他把望远镜一下调到这个方向、一下又调到那个方向时，他开始唱起自己的歌来——一首关于东边的天气、西边的天气、南边的天气和北边的天气的歌。

杜比雅的天气歌

当天边吹起大风，
夏天的日子就告终了。
蒙蒙的细雨把遍地弄潮，
晴朗的天气也不会再来了。
如果你随身没有带着雨具，
那么就赶紧回到家里，
或者找个避雨的地方休息一下。
当刺骨的风从北方吹来时，
冰雹向四面八方撒开，
当大地在冻结、天空在下雪时，
你就赶紧取出你的毛衣过冬！
假如你没有厚的衣服穿，
碰上这样吃不消的严冬，
你就会打喷嚏和咳嗽，
你得感冒就肯定不成问题。
当西边吹起大风，
你还得更加的慎重。
那会变成一场大灾难，
你做梦也料不到你能遇见。
它把你的伞吹得又远又高，
把你连带一起送上天空——
你甚至还可以摸着云朵，
从中穿过去，然后又穿出来。
南方的风是很温暖的，
它会给你带来太阳的光线。
我不相信会有风暴或者大雨。

因为天是那么美好和蔚蓝。
从我的观察站我大声喊：
“快出来看看，男女青年们！
光辉的夏日已经到来了，
不要辜负这么美好的时光！”

当杜比雅、莱莫和小狗波尼坐在塔上时，塔下边豆蔻镇上发生的一切，都像往常一样，显得很轻松很愉快。

人们彼此间打招呼，态度照旧和气友好：“你好吗?”或者“早上好!”骡子和驴子拖着装满东西的载重车辆，也不慌不忙地在街上漫步闲逛——有的背上还背着重重的筐子。这些筐子里一般都装满了香蕉和橘子、香料和大枣——全都是镇外田上的产品。

豆蔻镇没有一辆汽车，但是却有辆电车——而且只有一辆。这个电车有两层，是一种虽老式但又相当舒适的交通工具。它从城门出发，然后穿过市场，一直开到公园旁边的豆蔻桥边。路程不太长，虽然只有两站，不过住在豆蔻镇上的人都不在乎这一点。他们非常喜欢这辆电车，平常不管有事没事，他们每天总是要乘坐它一下。

电车的售票员叫史文生。当他喊“上车!”时，人们就蜂拥似的挤进去，有的钻进车里，有的则爬到车顶上。然后他又喊道：“开车!”大家就随着电车前进：叮当，叮当!

在豆蔻镇的电车上
在豆蔻镇上我们出去兜兜风，
乘坐电车我们感到快乐无穷。
我们沿着电车轨道向前开着，
我们换一下坐位，又换回来了。
叮当，上层还有十个空位，
下层还可以挤进三个人，
叮当，做梦也没想到需要买票，
我们只希望你能乘车高兴。

它开向豆蔻镇桥——你一定会找到坐位！
司机正在街上休息呢，你不需硬挤或排队。
哎呀，铃声响了！叮当，请你坐稳。
车子正要前进，叮当，叮当。
谁也不用付钱，每人奉送一张车票，
因为这是豆蔻镇的方法，不需付账。
售票员很友好，传递一罐饼干，
乘客们尝糕点，吃棒棒糖。
叮当，这很像一个生日 Party，
我们一路欢乐无比，有歌有唱。
叮当，我们向街上的人挥手，
他们在向我们飞吻，我们也一样。
时间过得可真快，我们得说再见，
但不要马上离开，还可以再吃一块糕点。
我是多么的快乐，叮当，叮当，
乘电车穿过这个豆蔻小镇。

贾斯佩、哈士贝和乐纳丹

豆蔻镇外面有块十分荒凉的空地。那里有一座非常奇怪的老房子。里面住着三个人贾斯佩、乐纳丹和哈士贝。

贾斯佩是三个中年纪最大的，乐纳丹是三个中最贪馋的，哈士贝是他们三个中长得最好看的。虽然他们是强盗，但他们不太凶残。他们大部分时间都是呆在家里。

他们养了一头狮子，他们把这头狮子作为宠物。对他们来说，这是一种安慰，而且这头狮子对他们的用处也不小。那头狮子，它不怎么害人，性情温和——虽然有天它一发怒就吃掉了哈士贝的大脚拇指。可贾斯佩说这并不是一件多么了不起的事，因为只要哈士贝穿上靴子，就谁都看不出来了。尽管如此，后来在很长的一段时间里哈士贝对这头狮子都不太感兴趣。

“这头狮子肯定有些毛病。”有天他对他的另两位朋友说。

“我们难得找到的一头如此有用的动物。”贾斯佩反驳哈士贝说的话。

“也许吧，”哈士贝却不以为然，“但被它吃掉可算不上是一件令人高兴的事，虽然它每次只啃掉一点。这不能算是对我们有用吧？”

“那的确是一件很不幸的事，”乐纳丹对哈士贝所说的表示赞同，“不过那是因为它感到肚子饿了呀。”乐纳丹充分了解肚子饿的滋味！

贾斯佩说，“不管怎样，还是请你记住它是多么的有用。我们当初搬进这座房子时，里面真的可以说是耗子成群啊。不过当这头狮子来到这个房子后……就再也没有老鼠，再也没有耗子了！”

“对，这的确是事实。”乐纳丹十分热情地表示赞同。

哈士贝说，“这我全都知道。”

“还有件事，”贾斯佩对他俩说，“它可是我们最棒的保镖了。只要狮子在我们家，警察就不敢再来找我们的麻烦了。”

“对，这也是事实，难道这不是吗，哈士贝？”乐纳丹问哈士贝。

哈士贝大声说着，“对、对、对！不过我还是坚持自己的观点，和一头狮子住在一起可不是一件愉快的事。”

这三个强盗总是像这样在一块儿闹别扭，他们可以闹别扭的事情可是非常多的。举个例子来说，平常乐纳丹（因为他最馋）总是喜欢嚷嚷：“弄点东西来吃怎么样？”

贾斯佩总这样回答，“呀，很好啊，这次轮到哈士贝做饭了。”

可哈士贝总是表示反对态度，比如他会说：“应该让乐纳丹去烧饭，他每次都吃得最多。”

乐纳丹不服气。他总会说：“这个星期每天都是我在烧菜做饭。现在不该我了。”

这时他们就开始相互吵起嘴来，一旦吵起来就很难停下来。

“哈士贝得去做饭。”

“应该是贾斯佩去做。”

“应该是哈士贝去做。”

无论轮到谁做饭，他们总会发牢骚，三个人都认为“这不公平”。

有一天当他们正在这样争吵时，他们听到狮子在睡房里敲地板，大声咆哮。他们互相呆望着，变得开始神经质起来了。

哈士贝低声对贾佩斯和乐纳丹说，“它发脾气了。”

乐纳丹对贾佩斯说，“我想它应该是饿了。”

“我们得把昨天剩下来的香肠拿去给它吃。”贾斯佩看着哈士贝说。

哈士贝小声说，“香肠没有剩下的了。”

贾斯佩低声说，“还剩下一点。”他从这个脸望到了那个脸上。

哈士贝十分真诚地看着贾斯佩说，“乐纳丹已经把它吃没了。”

乐纳丹笑嘻嘻地说，“一点儿也不错，我把它吃光了。”

“唔，挂在厨房墙上的袋子里应该还有一点儿火腿，”贾斯佩无奈地说，“砍下来一点给它。”

哈士贝用更加悲伤的眼神看着贾斯佩说，“厨房里火腿也没有了。”

“什么，火腿也没有了。”

哈士贝说，“乐纳丹吃没了呀。”

“唔，也许我把它吃光了，”乐纳丹小心地承认着，生怕贾斯佩会爆发，“当一个人很饿时，他得吃东西补充体力呀。”

“你的意思是，”贾斯佩慢声说，“屋子里没有东西可以给狮子吃吗？”

乐纳丹很不好意思地说，“嗯……应该没有。”

“乖乖，你们瞧瞧！乐纳丹就是这样的人，”哈士贝大声叫起来，“叫他来做饭，难道这不公平吗？”

“可是屋里没有东西能用来做饭呀。”乐纳丹十分认真地说。

“怎么，连我们的粮食也没有了？”贾斯佩真的发起火来了。

乐纳丹十分真诚地说，“是的，一根香肠也没有了。”

“照这样的情况说来，现在什么也没有了，那只好出去偷了。”贾斯佩冷静了下来。

“这倒是一个不错的办法，”乐纳丹十分赞同，“我们可是什么都缺呀。”

贾斯佩小声嘀咕着，“好吧，等到天黑了时候。”

哈士贝表示赞同，“等天黑下来。”

乐纳丹补充说，“带好口袋和提桶。”

他们都坐了下来，将双手叠在一起，搁在了膝盖上，等待着天黑。不一会儿工夫，他们就锁上了门，到镇上去偷东西了。

强盗之歌

我们踮着脚尖，轻声前进，
为的是去作案。
我们出去偷东西，为的是吃顿饭，
或者是为取得我们所需要的物件。
当夜幕下垂，镇子上所有的人，
都在鸭绒被里安静地睡着，
我们背着口袋，
我们的脚静悄悄地行进，
贾斯佩、乐纳丹和哈士贝。
我们在面包店里停下.
见到东西就拿：
新出炉的面包和酸酸的柠檬汁，
可口的甜食和鸡蛋蛋糕。
还有乐纳丹十分爱吃姜糖面包。
只要能看见的任何东西。
我们就偷来当作午饭，
我们感到精神十分饱满。
贾斯佩、乐纳丹和哈士贝。
我们在肉食店带走火腿。
遇上牛排也会顺手就拿。
我们也没有忘记亲爱的狮子，
我们拿走咸猪肉逗它欢喜。
我们也很爱吃嫩牛肉饼和羊排，
我们会用小牛肉做饭。
不要吃得过多，这已经够用了，
其实我们并不贪馋，

贾斯佩、乐纳丹和哈士贝。
到了雪天我们得有冬衣穿，
好叫我们能够保持温暖。
大衣可是件必需品，
有顶帽子戴着也很好看。
此时我们想起了一个地方，
那里的衣服很漂亮，也很多。
所以我们必须得到那里去转转，
顺手牵羊，动作绝对不能慢，
贾斯佩、乐纳丹和哈士贝。
我们把袋子紧紧地塞满，
还包括匣子、提兜和网篮子。
这些超级物品谁也没发现，
它们轻轻松松地来到了我们手边！
最后有一项特级的收获，
就是银子和金子铸成的钱。
于是我们翻过院墙回住所，
我们简直大笑得无法无天，
贾斯佩、乐纳丹和哈士贝。

倒霉的一天

第二天香肠店主人气得连肚皮都快爆炸了，因为他一走进店里就发现他的店被人偷了——四只火腿失踪，还有三大块猪肉、两条牛腱子和相当多的牛排及香肠都不见了。平时，他是一个心平气和的人，可现在他紧紧地捏着拳头，连续在柜台上捶着，他怒吼着：

“我要马上到警察局报警。必须把这些强盗关进牢里，决不能宽恕他们。”

他大跨步迈出店门，气冲冲地来到广场上。在这里他找到了善良的民警巴士贤。

“今后决不能容许这样的事再次发生。”他怒吼着。

“当然，当然啦，当然绝对不能再发生，”善良的民警十分同意他的观点，“你刚才说什么事不能再发生？”

“偷窃，”香肠店主仍旧吼着，“昨天晚上强盗又偷了我的店铺了。”

巴士贤十分惊奇地说，“乖乖，噢，我的天！这也太糟糕了。”

“我是真的不能容忍啊！”

巴士贤十分同意香肠店主说的话，“对，不能容忍，他们偷走了你什么东西？”

“有好几条牛腱子，三大块猪肉，还有四只火腿。至于牛排和香肠，我都已经数不清了，偷走了太多东西了。”

“啊，这样美好的一个早晨，却听到这样的坏消息，真是够糟糕的！”巴士贤很难过地说。

“您得采取措施。”香肠店主对巴士贤说。

“当然，当然。我会在我的记事本上记下这件事，这个让人生气的偷盗行为。”

“必须立即逮捕那些强盗——立即！”香肠店主急切地说。

巴士贤表示赞同，“当然，当然啦，可是什么事情都得按照手续处理，按照规章办理。首先，我们得先把这件事情记下来。然后我们再来想办法解决。”

“那些强盗早就该被抓进监狱里了，”香肠店主怒吼着。现在他火高万丈，也不管自己都讲了些什么话，他快被气疯了。

巴士贤很沮丧地望了他一眼：“请您听着，香肠店主人，你逮捕过一群养着狮子的人吗？”

香肠店主说，“没有，但我也不是警察呀，我没有理由去抓他们呀。”

“狮子把我吃掉时，我就再也当不成警察了。”

这句话使香肠店主的万丈高火气略微平静了一点。他很愧疚地说：“请您原谅，巴士贤先生，我还没有想过这个问题呢。”

“而且今天这个日子也不适合抓人呀，”巴士贤继续说着，“你知道的，明天就要举行夏季游艺会。我要考虑的问题可不少呢，还要作一些准备。公园的乐台上会有音乐会，镇上的乐队将会在那里演奏，而且额外的还有许多其他类型的节目。”

香肠店主恍然大悟了，“啊，我懂了，我只是在向你报告发生了什么事。”

巴士贤说，“我一定会认真考虑，我现在去街上，马上就考虑，立刻就考虑。”

他离开了，一直都在思考着——但是没有思考太长的时间。他看见远处的市集广场上聚集了很多人，人们围成了一个圈子。圈子里有什么，他现在还看不出，但是他想要弄明白。

“这里发生了什么事？”巴士贤不解地问大家。

“师理悟的驴在捣乱，”在一旁看热闹的理发师对巴士贤说，“它不愿意走动。”

驴子的主人无奈地说，“你见过这样的事吗？这驴发脾气了，既不往前走，也不向后退。”

“但你的驴堵塞了交通呀。”巴士贤指着师理悟的驴说。

师理悟说，“这点我当然知道，不过我的驴呆在那里一动也不动，我也没有办法啊？”

巴士贤问师理悟，“是不是它背的东西太重了？”。

“怎么会呢！那些只是装过土豆的空袋子。”

“嗯，那我们只好帮这头驴挪动了，”巴士贤甩了甩手说。同时他喊大家一起来帮忙。

小学教员、理发师、电车售票员、鞋匠，还有一些人，大家都来这帮助，有的在驴前面拉，有的人则在它后面推。

“嘀……哼！”他们发出使劲的声音。但是这头驴子却仍一动不动站在原地，大家无论怎样使劲都无法让它挪动半步。

“我这辈子还没有见到过像这样的情况。”巴士贤对师理悟说。师理悟看着他，连连点头。“看看吧它就是这种货色，”他十分无奈地说，“它可以站在这里一整天都不动——明天还会继续这样站下去，除非有某种意外发生，让它改变主意。”

“如果明天它还在这里站下去，那可就糟糕透了，”巴士贤对他说，

“师理悟，你知道今天是什么日子吗？在明天到来前我还得考虑很多事情呢。”

师理悟嘀咕着，“你说得有道理。”

就在这时，杜比雅十分悠闲地向他们走来。

理发师大声说，“现在我们可以请教他，他是一个非常聪明的人，我相信他能想出办法来。”

师理悟走到杜比雅身边对他说：

“不好意思，杜比雅先生，您能帮我们一个忙吗？我现在站在这儿……也就是说……我的驴站在这儿，它现在一动不动。而且电车被迫停在那里。由于我的这头驴不移动，它也无法开动了。警长巴士贤也在那里，他说为了不堵塞交通我们必须把这头驴弄走。杜比雅先生，您说说我该怎么办才好呢？”

“嗯，”杜比雅说，他开始思考了，“我们可以先解下它的套具，然后再想想办法，”他对师理悟说。

“那没用。”师理悟无力地说。不过他还是照杜比雅所说的建议做了。

杜比雅继续说，“现在，把车拉到驴的旁边。”师理悟也照样办了。杜比雅又继续说，“现在，我们大家齐心协力，把驴抬起来，装到车上去。三、二、一……起！”

经过大家的共同努力这头驴被抬到车子上去了。它却仍旧硬梆梆地站在车上，像是站在路上一个样子。

杜比雅充满自信地说，“就这样解决吧，师理悟，现在只好请你钻进套具里，拉着车子走，让驴子乘着车在后面跟着你。”

师理悟双手紧握车把，拖着后面的车子向前走。驴摇着它的一只耳朵，乘着车子，作为一名乘客，它快乐得像个神仙，因为它不须再拖着车，吃力地向前挪动步子了。

“昂——昂——”它发出驴常有的叫声。

“给这畜生惯坏了！”师理悟一面用尽全身力气拖车，一面小声嘀咕着。

这问题解决后，街上的交通又恢复正常了。电车沿着轨道缓缓地开向豆蔻桥，电车售票员唱着他喜爱的歌曲，同时一如既往的，向乘客们分发着饼干。

师理悟把驴拉走后，电车开走了，剩下的人们议论纷纷，大家都称赞杜比雅的聪明，后来理发师突然说："你们知道明天是什么日子吗？我得赶快回家排练去。"

他回到自己的店里，发现有三个朋友已经在等他了。他们是：杂货店老板，他带着将会在乐队里吹的喇叭；鼓手，他带着一个鼓；还有那位既教音乐又教游泳的老师。他们是来和理发师一起排练的——这是镇上乐队为第二天的音乐会所进行的最后一次排练。

理发师说，"我们会从头开始，一、二、三——好"，他们就开始演奏起那首光辉的《豆蔻镇进行曲》。

小贾莱娅

盛大的夏季游艺会举办的日子终于到了。那天一大清早，人们都十分高兴。镇上乐队的成员们都戴上了时髦的白帽子，衣扣里都插着美丽的花朵，他们已经在市集广场上准备好了，并且又奏响了新编的《豆蔻镇进行曲》。

这真是一个美丽的日子！阳光明媚，风儿和煦，每家的房子都用鲜花装饰一新，鲜艳的国旗也被升到了旗杆顶上。孩子们都放假了，各种大中小的商店和机关也都关门了。大家都穿上周末的衣服，虽然这天是星期二。

豆蔻镇外的人们，也都乘坐着粉红色的车子赶过来了，连拉车的驴也都在脖子上挂起了花环，头顶戴上纸帽。一切都显得既漂亮又快乐。

大家都走向公园里的游艺会场——只有小贾莱娅例外。但苏菲姑姑却不让她去参加，她感到很难过。她一直都在盼望着这天的到来，为的就是去唱歌听音乐，同时她也想参加一些游艺活动。但现在一切都是幻想了，她只能尽量忍受这不幸。没有任何人可以改变苏菲姑姑的主张的。她是个脾气暴躁的人，甚至连巴士贤都很怕她。

贾莱娅只得坐在钢琴前，练习曲子，从弹琴中得到一些安慰。当她正弹奏着一首华尔兹舞曲时，她的好朋友多米恰好骑着驴子从她窗前走过。他被她的琴声吸引，在窗外停了下来，听她弹钢琴。他觉得她弹得非常好听。

弹钢琴的贾莱娅
请您听我演奏。
我一直在练习。
一、二、三，三、二、一。

我发出颤音，
清晰，甜蜜。
一、二、三，三、二、一，
一、二、三，三、二、一。

这曲子非常新鲜，
你从来都不曾听见——
一、二、三，三、二、一，
一、二、三，三、二、一。

你是否曾听过这样的敲击？
像四个喇叭的声音在旋转——
一、二、三，三、二、一，
一、二、三，三、二、一。

我每天都在练习，
调子一会儿甜，一会儿苦。
一、二、三，三、二、一，
一、二、三，三、二、一。

当我长得壮健高大，

手指也会增长一半多，
人们会发现我是个天才，
一、二、三，三、二、一。

多米喊出声："贾莱娅，喂！"她走到窗子前，向外面看去。"你弹得真好听！"多米大声地赞美贾莱娅。

"呀，你真是这样想吗？"贾莱娅笑着问，她感到非常高兴，因为他称赞了她。

"我爸爸的演奏也不错，他会吹喇叭。"多米自豪地说。

贾莱娅非常高兴地说，"我很喜欢喇叭。"

"那你今天就能听到他吹喇叭了，"多米高兴地告诉她，"他和镇上的乐队将会在公园里吹奏歌曲。"

贾莱娅叹了一口气，"但我去不了。"

"为什么去不了？"多米好奇地问。

"苏菲姑姑不准女孩参加游艺会。所以我必须得呆在家里面，苏菲姑姑也会呆在家里面。"

多米说，"这也太糟了，如果你能来的话，我让你骑我的庞踢五。"他的驴子叫庞踢五。"你就不能偷偷地从家里溜出来，不让苏菲姑姑看到吗？我可以把你从窗户口扶下来呀。"

贾莱娅说，"呀，那可不行。"

"好，那我们再想想别的办法吧，"多米认真地说。他眯着眼睛，想了好一会儿，但是没有想到别的方法。"我得到塔上去找老杜比雅，他一定能够想出办法。"他最后说。

"哎呀，我希望他能够想出办法！"贾莱娅哭了起来。

多米离开了。他爬上杜比雅住的塔上。

"小贾莱娅没得到准许参加游艺会，这多不像话。"他十分气愤地说。

"确实不像话，"杜比雅表示赞同，"我们得想一个办法，看看是否能帮她。"他们两人都想了一会儿。

"我来告诉你怎么办，"杜比雅若有所思地说，"我们得先去劝苏菲姑姑参加游艺会。如果她去的话，她就不会把贾莱娅一个人留在家里了。她一定会带她一起去。”

多米有点不太理解，“这有点不太那个——”

“不太那个——确实不太简单，”杜比雅笑着说，“我们得找一个合适的人去劝苏菲姑姑去游艺会场。”

多米说，“我想不出谁合适。”

杜比雅很有自信地说，“或许我可以去试试。”

多米特别高兴。“您是绝对合适的人。”他也十分同意。

没多久，杜比雅就去敲苏菲姑姑的门了。她亲自来开门。

她对这个不速之客的到来感到很惊讶，“呀，是你啊！”

老杜比雅礼貌地说，“是的，是我，我特地来邀请你参加游艺会。”

“真的非常感谢你，但是我不能去，因为我得呆在家里，照看小贾莱娅，保证她的安全。”

“呀，但贾莱娅不是也可以一起去吗？”

苏菲姑姑说，“绝对不能去，她太小了，根本不能参加游艺会那类的东西，荡来荡去的。”

杜比雅惊奇地说，“太小了？可游艺会就是为孩子和他们的父母开的呀。你知道的，我答应了巴士贤警长，我也会在那里唱歌的呀。”

苏菲姑姑感到很惊讶，“真的吗？”

她把脑袋转向一边，想了一小会儿。

最后她又说，“唔，是的，我去。我一定会去的。”

杜比雅高兴地说，“你真是太好了！”

苏菲姑姑却表现得十分镇定，“这个也谈不上。”

贾莱娅高兴得欢呼起来，“好哇！”

“不许喊‘好哇！”’苏菲姑姑毫不客气地对贾莱娅说。

他们准备好后就一起出发：苏菲姑姑、老杜比雅、贾莱娅还有多米和驴子庞踢五。

“如果贾莱娅愿意的话，她可以骑着庞踢五去。”多米有礼貌地邀请贾莱娅骑她的驴。

她兴奋地叫了起来，“那真是太好了！”老杜比雅把她抱上驴背，多米在她旁边步行，赶着驴。

“原来，贾莱娅真是喜欢怎么玩就会怎么玩。”苏菲姑姑自言自语地说，可是没人回答她的话。

他们就这样一起到公园去参加游艺会，三个人步行，一个人骑驴。

在游艺会场上

公园里有空中飞轮和旋转木马等游戏，还播放着音乐。杜比雅这些人看到他们的朋友都来了，包括民警巴士贤——他现在已经成为了这里最重要的一个人物。

巴士贤对杜比雅道了句“日安”，同时感谢他给这天预报了好的天气。他同时也对苏菲姑姑道了句“日安”，还说：“您的光临，使我们感到很荣幸。”接着他便走开了，作为一个民警，在这种场合下他还有许多事情要做。

另外还有一只大象和它的主人。它能背起所有的人。好心的杜比雅买了四张票，苏菲姑姑、多米、贾莱娅和他自己每人各有一张。他们都能在象背上坐一会儿。庞踢五就得待在一边，在一棵大树下等大家。

在五点以前，大家在舞台前的凳子上坐下来了，等待着音乐会开始。苏菲姑姑和杜比雅、多米、贾莱娅都坐在了前排，因为杜比雅待一会儿要唱歌。

他高兴地说，“嗯，这里倒是挺舒服的。”苏菲姑姑也感觉很满意，而且她的情绪也越来越好了。

在音乐会开始前，民警巴士贤来到他们所坐的地方。他看上去像是有点儿神经质的似的。

他说，“亲爱的苏菲姑姑，有件很不幸的事发生了。我们的一位歌唱家嗓子哑了，她突然间一个音也唱不出来了。你能不能帮助代替她为我们大家出场唱歌?”

“绝对不能。”苏菲姑姑面无表情地说——像平常一样，她还是那么的脾气暴躁。

“哎，我求求你了，我们将感谢不尽。”巴士贤苦苦哀求着。

苏菲姑姑十分坚定地说，“绝对不能，我只会唱一首歌，而那首歌非常不合适这种场合。”

“啊，求求你了，什么歌在这里唱都合适。请您做点儿好事，帮帮我们吧。”

令大家都感到很惊奇的是，苏菲姑姑最后竟然答应了。

她笑着说，“好，看来我非唱不可了啊。这首歌是不合适的——但你们心甘情愿。”

“一千个感谢，一万个感谢。”巴士贤高兴得大声叫了起来。他上到舞台，满脸笑容。他把幕布拉了下来，舞台显现出来了。开头是音乐，然后民警走到台前，发表了一篇欢迎大家的演讲。

“非常欢迎大家光临我们的豆蔻镇举办的夏天游艺会，”他大声地向大家表示欢迎，“欢迎大家来看我们伟大的家长和儿童的表演。各位刚刚所听到的音乐就是我们为了这次游艺会所写的新的《豆蔻镇进行曲》。再过一会儿，我们的老朋友杜比雅就要上台唱歌了。他要唱他的《东方、西方、北方和南方天气之歌》。请，杜比雅先生！”

杜比雅唱完了他的歌。大家都热烈地鼓掌。掌声持续了很长的时间。

“杜比雅，谢谢你，”掌声停止后巴士贤激动地说，“这是一首新歌。现在，亲爱的朋友们，我将介绍下一个节目是小狗合唱。将为大家演唱的是拉本、波尼、杰利、金和理发师各位先生们的小狗们。它们要唱一首古老的歌：《雅各神父，您还在睡觉吗?》。现在，掌声有请小狗们，三、二、一……”小狗们翘起鼻子，唱得非常好听。

巴士贤在小狗们唱完歌后上台说。“谢谢你们精彩的演唱!”小狗们高兴地跳下了舞台。

他宣布说，“下一个节目与众不同，你们听过骆驼讲话吗？这骆驼的名字叫会讲话的骆驼，下面它将给我们唱歌。现在它要唱了。”

会讲话的骆驼

我背着沉重的香料，
从北到南我都走到，
城市里所有的人都认识我，

知道我能说会道。
你也许会奇怪我是跟谁学会的讲话？
你也许以为教我的是我妈。
不，是那位单峰骆驼，
教它讲话的老师是它爸。

骆驼赢得了大家热烈的掌声，人们让它再高歌一曲，因此它又得把那首歌再唱一次。骆驼唱完这次，巴士贤也得等一会儿才能使观众听到他的声音，然后再宣布下个节目。

他喜气洋洋地说，“现在，各位亲爱的朋友们，我很幸运能够说服苏菲姑姑来给我们唱一首歌。她说她的歌曲不合适这个场合！”大家都狂笑不止。“现在，请，苏菲姑姑！”

苏菲姑姑的怒歌

啊，我的天，这地方变得可真惨，我的天，
豆蔻镇上的人，没有人能值半文钱！
要是有人能像我，镇上的事也就会好办：
什么游艺会，什么节目，全都叫它完蛋！
呸！

我知道巴士贤为人和善，
但是有责任感的民警就该对坏事严厉惩办。
只有傻瓜才会整天堆着笑脸呢。
他的任务应该是禁止人搞破坏，
请来看！

我们的电车售票员总是唱歌，不管天寒天热。
对这种行为，我觉得得把他的工资扣除。
我必须得向你们指出，他这种人总对工作厌烦。
他应该心中只有电车，别的什么事都不应该去管。

哼！

街上的那些年轻人，我看是耳光挨得太少了，
他们的嘴巴一直不停，整天把糖果咀嚼。
要是叫我来管他们，我就只给他们肥皂，
让他们肚皮饿空了，但是身上干净——多好！
呸！

当我们的民警东游西荡或坐着打盹，
镇上的强盗们就跑出来做盗窃的勾当。
嗯，叫他们来碰碰我，看看上不上当！
我会扑向他们，把他们五花大绑。
哼！

苏菲姑姑唱完后轻松地说，“这就是我的歌。”摇晃了一下脑袋。她很快走下舞台，回到了她位于前面的座位上。所有人都笑起来，几乎没有人例外。当巴士贤走上前台宣布下个节目时，他的脸色煞是难看。但是他还是很有礼貌地说：

“歌唱得很好，谢谢你，”然后他就急忙说，“下个节目还是小狗的节目。因为它们只会唱一首歌：大家喜欢的关于那位沉睡了一百年的公主的歌。”

小狗歌唱队登台上场，它们用狗的腔调唱着关于“睡美人”的歌来。开始它们唱得还不错，可是，当它们唱到一半时，忽然从某个地方传来一声高亢的狗吠声，它们也一起叫了起来。这片闹声真是逗人，不过除了巴士贤，大家都忍不住笑了起来。巴士贤感到很不安。

他十分难过地说，“请原谅我，这是一个小误会。有只黑猫不知怎么回事跑到台上来了。师理悟太太，请您快到台上来，把猫抓走。我们可以重新开始。三、二、一！现在。”

这次进行得很顺利，音乐会也圆满结束了。巴士贤真的是衷心地感谢大家热烈的鼓掌。他请大家去看空中飞轮和游艺会其他的吸引人的节目。

他笑着对大家说，“如果你们的运气好，没准你们可以找机会骑一下那只会讲话的骆驼。”

有的人并不快乐

公园里，大家都感到非常的高兴和愉快；但是，栏杆外面站着三个愁眉苦脸的人，他们不能来参加游艺会。他们是强盗贾斯佩、乐纳丹和哈士贝。他们爬上一棵树，在那棵树上偷偷观看空中飞轮和旋转木马，没有人发觉。但他们却只能瞥见个大概，一点儿模糊的轮廓。

“他们在那儿玩得多快乐呀。”乐纳丹看着游艺会的人们说。

贾斯佩安慰地说，“其实我们这样也并不坏。”

“我在看他们吃的那些东西。”乐纳丹说。

贾斯佩也在勉强地安慰自己说，“他们只不过在吃香肠罢了。”

乐纳丹解释着说，“我看的不是香肠，那是一种装在角里的白东西，他们一边舔它，一边走。”

“我觉得那并不是什么了不起的东西。”贾斯佩勉强地安慰着说。他们没有再继续谈这个问题。

过了一会儿乐纳丹又大声说：“看，大象出来了。”

“他们真走运，能在大象背上骑一会。”哈士贝十分羡慕他们说。

乐纳丹也同样附和着说：“那肯定很有趣。”

“我能告诉你怎么办，”哈士贝有了不好的想法，“我们可以等到天黑的时候，人们都会回家去，咱们可以把那只大象偷来。”

贾斯佩反驳着说，“闭嘴，偷一只大象有什么用啊？”

“你等着瞧吧，用处非常大。”哈士贝十分自信地说。

“有什么用，你说说？”贾斯佩不解地问。

“第一，我们出去偷东西时可以骑着它，也可以骑它回来。如果袋子太重的话我们也可以用它来驮。”

乐纳丹高兴地说：“呀，好哇！那么每次我们作案，都可以偷更多的东西了。”

“这听起来倒像是我们真的骑着大象去偷东西了!”贾斯佩十分兴奋地说。

其余两人问:“为什么不?”

贾斯佩解释道:“总之，不能那样做就是了，你们想想看，咱们怎么能牵着一头大象随便出入香肠店主家的大门呢?”

乐纳丹同意他的话:“他的话很有道理，哈士贝。”

“你怎么让它下楼上楼?”贾斯佩继续问着。

“那好吧，我们就别偷那只象了。”哈士贝生气了。

他沉默了一会儿，然后哈士贝说:“我们可真不幸啊，那么好好的游艺会和其他类似的聚会，我们都不能去参加。”

乐纳丹表示同意，“实在很不幸，在这场合肯定会有很多好吃的东西。”

“我们现在这个样子，也还过得去嘛。”贾斯佩不悦地说。

乐纳丹继续说着，“还有一件事，我们甚至连坐电车的机会都没有。”

贾斯佩对他们俩说，“嗯，那也并不是什么有趣的事。”

“不，那特别有趣!”乐纳丹坚持地说着。

在这时哈士贝发出了一个狡猾的笑声。他笑着说:“我倒是有一个想法。”他看了看他的同伙们，目光从这个人的脸上移到那个人的脸上。

乐纳丹问，“什么想法?”

哈士贝再次奸笑了一下。他说，“我们现在在这里，而电车司机在那儿，电车就在我们的旁边，而且里面没人。”

乐纳丹低声说，“我懂你的意思。”

哈士贝说，“我们可以把电车偷走!”

乐纳丹说，“这正是我们该干的事。”

他们从树上溜了来，踮着脚尖向电车走去。

贾斯佩说，“不知道我们能否开动它。”

“哦，你只需这里拉拉，那里扳扳，再按下电铃，它就会动了。”哈士贝说，他好像什么都懂得。

他们拉了拉电车，按了按电铃，电车便开动了。贾斯佩掌握方向盘，站前面。乐纳丹和哈士贝坐在车厢里，像乘客一样。他们向周围看了看。

哈士贝说，“瞧，乐纳丹，有一大罐子饼干！”

乐纳丹不解地问，“饼干？这正是我渴望的东西啊。”

“停车，贾斯佩，”哈士贝大声喊着，“快过来瞧瞧，看看我们发现了什么好东西。”

贾斯佩听后问，“什么东西？”他还没有把握是否要停车。

“一大罐子饼干，满满的一大罐子饼干。”

贾斯佩说，“让我先来尝一块儿试试看，真是好吃极了，乖乖！我觉得这是姜糖饼干。”

乐纳丹问另两个伙伴，“这不是姜糖饼干，是姜糖脆饼。”

“他们为什么要在电车里放饼干呢？”哈士贝奇怪起来，“会不会是有个乘客忘记带走？”

“我不信有人会忘记这么一大罐子饼干。”乐纳丹说出自己的观点。

贾斯佩建议着说，“我们把它带回家吧。”他继续开着电车，一直开到了城门。他们不能再向前开了，因为电车轨道已经到终点了。他们拿着那一大罐姜糖脆饼，回到了他们的贼窝里。他们三人决定要尽情享受这次“夏日节”。

电车不见了

公园里的游艺会仍旧在继续着。像电车这种平淡的东西，谁也不会去想它，只有电车司机向停车地瞟了一眼。车子不在那里，电车到哪儿去了？他马上跑去找民警巴士贤。巴士贤刚刚骑了会儿骆驼，正从它的背上下来。

司机大声叫了起来，“哎呀，警长，电车被人偷了！”

“这不可能，不可能！”巴土贤不相信自己的耳朵。

司机用哭丧的声音说：“真的被偷走了，偷走了，你自己来看看吧。”

“你能记起你在什么地方停车的吗？”巴士贤问着司机。

司机肯定地回答说：“百分之百确定。”

“也许是售票员把它开走了吧？”

司机十分肯定地说着："他从来不干这种事的。"

"那么这也太奇怪了。"巴士贤感到很惊奇。

"是的，真是太奇怪了。"

"在这样一个日子电车被盗，实在太糟糕了，"巴士贤感到十分不好，"今天我要思考的事情很多，但是我将在我的记事本上记下来这件事。"

电车售票员在旋转木马上骑了一会儿，很高兴。这时恰好木马停下了。他带着满面笑容向他们走来。

他对电车司机说，"那是个很好的旋转木马。"

这个节骨眼上，电车司机没有心情谈论旋转木马。他告诉电车售票员："电车被人偷了。"

售票员问。"整个电车吗？"他简直不相信他的耳朵。

"一点也不假，整个电车。"司机十分无奈地说。

民警巴士贤从记录本上抬起头问：

"电车在没有轨道的路上能走吗？"

"不能，民警先生，当然不能。"司机告诉巴士贤。

巴士贤继续说："好，那它一定会停在城门和这里之间的某一块地方。现在以法律的名义，你们两个跟我一起来。马上就能找到它了。"

他们一起离开，心里充满了希望。就在城门附近，他们找到了电车。民警是最先瞧见它的，因此他骄傲地说："快看看，你们的电车就在那里。"

司机和电车售票员向它跑去。

司机高兴地说："安然无恙。"他用手在车身上摸了几下，用来证明它"安然无恙"。

电车售票员大叫道。"我们那一罐子饼干不见了。"他已经把手伸进车厢里了。

司机嘟囔着，"不见了？"只要他的电车没出什么事，他就什么都不管了。

巴士贤十分镇定地说："这也不是什么重要问题，大家已经在游艺场上吃不少了。我看他们今晚不再需要什么饼干了。他们明天也不需要了。"

司机十分同意巴士贤的话，“这倒是真话。”

“那我们抓紧时间，得赶快回到游艺场去。”巴士贤催促着电车司机和售票员。

售票员喊：“请大家上车。”他们一起离开了。

强盗们不爱干净

在强盗们把电车开走后，他们有很长一段时间都呆在家里。在他们那个贼窝里，一切仍旧像平常一样，没什么变化。这地方一切都乱七八糟。他们每天只争论谁该收拾屋子。他们中没人喜欢干活儿，从来没有人收拾房子，卫生情况也是一天比一天差。他们都不愿意洗碗，所以盘子和锅从来没有刷过。只要东西用过后，谁都不把它们收拾干净，因此，盘子和杯子、饭锅和罐子、鞋子和衬衫、衣服扣子和钱币满屋子里到处都是，乱作一团。只要强盗们一动，就会绊着东西。

他们成天找东西
哈士贝的帽子飞向了何处？
任何东西都不知道去向。
那只还能吹的破口琴也失踪了，
我的红裤衩也不见了，
装衬衫的抽斗也空空荡荡的。
谁拿走了那根别不住东西的别针？
我昨天还把它别在了身上。

到哪里去找啤酒瓶盖呢？
到哪里去找我用来磨剃刀的皮带呢？
我袜子上的大洞也失踪了，真奇怪！
我那把旧扫帚也销声匿迹了。
我那根缝扣眼的针，又快又光，

现在想用它补背心上的大洞，
虽然它昨天还在，现在它却不知去向。

我的皮袋去哪里找？
我的热水瓶也找不到了？
装着五条沙丁鱼的铁罐，
刷地毯的刷子，也不能找到。
还有那治咳嗽的药，
它一直都失踪，虽然它治病很有效。
昨天我用它还觉得效果很好。

我的梳子现在也无踪无影，
还包括那块抹了黄油的饼！
和那当晚饭吃的肉，
我也想不起它藏身在什么地方！
哈士贝和贾斯佩在什么地方？
乐纳丹只关心曾祖母的金银，
我记得昨天它还在附近呢。

“我们这个屋子里应该有一个妇女。”贾斯佩天真地幻想着。

哈士贝也在异想天开地说：“让她为我们料理家务。”

乐纳丹又补充一句，“让她给我们做饭。”

“是的，我们该有个管家婆。”哈士贝接着继续说。

“我一时间还想不出来找什么人来干这种活儿。”乐纳丹敲了敲自己的脑袋。

“我们可以偷一个人来。”哈士贝建议着说。

“对了，对。”他们都一致同意这个想法。情绪也高涨起来了。

“这个人必须会搞卫生，收拾屋子，还要会照顾狮子。”贾斯佩想着道。

“还要会做出味道真正好的食物！”乐纳丹依照自己的喜好说。

贾斯佩突然想到了一个人，“嗯，我想起一个人。”

哈士贝叫出声来，“谁？快点说，是谁？”

贾斯佩咧开嘴巴笑了一下。他说，“苏菲姑姑，大家都说她做饭做得很好吃，屋子也收拾得很干净。”

“这太好了！”哈士贝用肯定、坚决的语气说。

乐纳丹警告他们，“不过她的脾气比较暴躁。”

“怎么？难道说三个强盗还会怕一个苏菲姑姑？”贾斯佩讥笑地说着。

哈士贝说：“但是还有一个问题，我们用什么办法才能把她偷来？”

“确实，这不是一件容易的事儿。”乐纳丹仔细思考后说。他们坐着思考了一会儿这个问题。哈士贝第一个发言了。

他说：“今天夜晚，在伸手不见五指的时间，我们溜到镇子上去。摸进她的屋子，一声不吭，在她睡着的时候把她偷来。”

乐纳丹担心地说：“如果她醒来了呢？”

“咳，我相信她不会醒来。”哈士贝十分肯定地说。

贾斯佩也同意地说：“那就这样办吧！”

他们坐在地上等待着黑夜的到来。当钟声敲击了十二下之后，他们站了起来，开始行动。

“哈士贝，把门锁好。”他们中的一个人说。

哈士贝热情地表示赞同，“好。”

乐纳丹问另两个人：“我们能把狮子一起带去吗？”

贾斯佩十分坚定地说：“不能把狮子带去，否则肯定会出麻烦的。还是把它留在哈士贝的房间里吧，把门锁紧。”

哈士贝也附和着说了句：“就这么办吧。”

乐纳丹也表示同意：“好。”

贾斯佩提着灯笼在前面走，乐纳丹拿着一把钥匙在后面跟着，最后是哈士贝，拿着一根香肠和一块面包。

天色已经够黑了，小镇上寂静无声，连民警也睡着了。强盗们踮着脚走到了苏菲姑姑的大门前，悄悄地听动静，里面没有什么声音。哈士贝拿出一串钥匙，一个个地在锁孔里试。第三十五把钥匙正对得上口径，终于门开了。他们小心翼翼地走了进去，停了一阵儿，仔细听着。他们听到一个声音从房间里飘了出来。“苏菲姑姑在打鼾呢。”乐纳丹说。

“一切在按计划实施。”贾斯佩低声说。他们悄悄地打开通往厨房的门。苏菲姑姑就在那儿的一个吊床上面睡着了。

贾斯佩笑着说：“真走运！我们现在可以连吊床一起把她抬走！”

哈士贝见到此情景也高兴地说：“这也正是我们要干的事儿。”

他小心地把吊床从吊着它的两个钩子上摘下来。贾斯佩抓住了一端，哈士贝抓住了另一端。他们小心抬了出去，穿过了厨房门，走出了过道，来到了街道上，然后又穿过街道，一直被抬到空地上的屋子里。在他们回家的一路上，苏菲姑姑一直鼾声不断。

然后他们溜进各自的睡房里，一直大睡到天亮。

“她醒来时，肯定会大吃一惊吧？”乐纳丹躺在床上不禁发出笑声。

苏菲姑姑管起家来

第二天早上，当她醒来时，苏菲姑姑向四周望了一望，感到非常莫名其妙。

“这样可怕的脏地方还真是少见啊！”她对自己说着。

她跳下床，走到隔壁房间。发现三个强盗正在等待着，他们都特别的激动，为的就是想看看她会作何反应。

她不解地问：“谁住在这么一块骇人听闻的地方？”

贾斯佩大声地说：“是我们呀，亲爱的苏菲姑姑！”

“你们，对吗？哼！”苏菲姑姑一点也不怕说，“我确信是你们。请过来，跟我说声‘早安’——说得准确一点。”

贾斯佩望着另两人。

“我看最好还是按她说的办，”他咕哝着向她走去，粗声说，“我叫贾斯佩。”

苏菲姑姑严肃地说：“不要大叫，这样是不礼貌的。”

贾斯佩不服气地说：“我喜欢大声叫就大声叫。”

“这不是和一个女人讲话的样子。”苏菲姑姑严厉地说。

贾斯佩一点儿点儿败下阵来说："我偏要……嗯。"但他的声音有点儿软了下去。

苏菲姑姑面无表情地说："下一个。"

"我叫哈士贝。"下个人十分客气地说。他很有礼貌地鞠躬。

苏菲姑姑点点头说："这还像是个样子。"

第三个人十分礼貌地说："我的名字叫乐纳丹。"

苏菲姑姑继续说："嗯，嗯！所以你叫作乐纳丹。走过来让我看看你的耳朵。"

"那是我的耳朵呀。"乐纳丹反驳着。

"我知道，是你的耳朵，你该为你这对耳朵感到羞耻，黑得像煤灰一样！你也许好几年没洗过它们了吧。"苏菲姑姑一脸嫌弃地说。

哈士贝咆哮着："他想洗就洗。"

"我想大概也就是这样，"苏菲姑姑思考了一会儿说。她把每个人都轮流观察了一番，接着问，"为什么我会到这个屋子里来？我是怎么来的？"

贾斯佩终于认识到了事情的本质说："呀，苏菲姑姑，你知道的，是我们——把你绑来的。"

"你倒是很老实嘛！我想你们或许认为这是你们干的最得意的一件事吧。"

贾斯佩最终鼓起勇气大声说："无论得意不得意，事情是我们干的没错。我们需要一个人来料理家务。"

"来收拾干净我们的屋子。"哈士贝补充着贾斯佩的话说。

乐纳丹急速地说："同时也要给我们做饭。"生怕苏菲姑姑会爆发。

苏菲姑姑不解地问："那你们三个干什么呢？"

"我们想干什么就干什么。"贾斯佩告诉她。

苏菲姑姑笑着说："你们倒是想得很好啊！"可她的笑里却好像藏着什么。

乐纳丹十分不安地说："对。"

苏菲姑姑走出房间。他们能听见，她在巡视每个房间。

她对他们大声吼着："这完全就是个猪窝！"

哈士贝对苏非姑姑说："猪窝在屋后呀。"

她问："你们有几个猪窝?"

乐纳丹认真地说："只有一个。"

苏非姑姑给他们解释着说："一加三等于四，一个在外面，三个在屋里面。"

贾斯佩不解地问："她这话是什么意思?"

哈士贝无奈地说："她指的是我们。"

"我告诉过你们她脾气很不好，现在知道了吧。"乐纳丹小声嘟囔着。

贾斯佩生气了。他吼了一声："我警告你，这里我们才是决定一切的主人。"

哈士贝补充一句："不是你啊!"

"哈士贝，快过来，"苏非姑姑对哈士贝说。

他望了望乐纳丹，又望了望贾斯佩。他不想听苏非姑姑的指挥，但不知怎么回事，他却仍旧走上前来了。

"你看见了这里乱七八糟的状况吗?"她用犀利的语言质问他。

"我愿意看什么就看什么。"哈士贝绷着脸十分不高兴地说。

苏非姑姑平静地说："好，你现在把四周这些乱七八糟的衣服捡起来。把乐纳丹的放在这里，把贾斯佩的放在那里。你自己的放在这里。"

"收拾东西不是我擅长的事。"哈士贝对苏非姑姑说。

苏非姑姑十分平静地对哈士贝说："你可以学习收拾。"

他不解地问："为什么不让乐纳丹做?"

"还有别的活让他来干。"

这时乐纳丹不声不响地站了起来，想溜出房间，可是苏非姑姑制止了他。

"你，快回来!"她十分坚定地说。

乐纳丹低声嘟囔说："我想出去散步。"

"请你留在这里，"她十分坚定地说，"把这些碗、杯子、盘子、汤匙和刀子先收拾好，然后再把它们洗干净。"

"贾斯佩为什么不干这些活呢?"

苏非姑姑十分平静地说："贾斯佩有别的事要干。"

“我想干什么就干什么，不用你来安排。”贾斯佩大声叫道。

“好，你现在干这件活儿，”苏菲姑姑对他说，“你先去劈点柴，再把它放进炉子里烧点儿开水，等烧开水之后好叫乐纳丹洗一洗。”

贾斯佩十分不解地说：“他不需要用热水去洗澡。”

“他很需要。这个活儿干完后，你还得再烧点儿热水，我们需要它。”

这三个坏家伙尽力抗拒，他真的很不想干。只要他们说“不干”，苏菲姑姑就立刻十分坚决地说：“必须得干！”

苏菲姑姑和强盗之歌

我的天，我的天啊，这里的一切都稀巴烂！
炉子上撒满稀饭，椅子上放着脏的平底锅。
哈士贝，穿上袜子，样子整齐一点儿，
然后到外面去，帮一下乐纳丹。
是的，你必须得干。

贾斯佩，你去劈点儿柴，再把火烧旺。
我得用些开水，你来做个榜样！
洗刷是乐纳丹的活儿，不要推让，
要把洗碗池里的碗都洗干净，
你得老老实实地洗！
是的，必须得干一场。

哈士贝脖子上的脏东西能刮下几两，
马铃薯都可以在他的耳朵上生长——
今天，你们这帮无赖必须得乖乖地洗一场，
要不然我就擦掉你俩的皮，用尽我的一切力量。
是的，用尽我的一切力量。

我要教你们怎么把房子收拾干净——
不到九点钟，你们不准将工作停止。

不许你们争辩或者反问，
当心我给你们耳光，我才是这里的主人。
我才是这里的主人。

贾斯佩十分不耐烦地说："我不想洗，我不想洗。"

"好吧，那你就不要吃午饭，"她威胁贾斯佩说，"你不妨就那样干坐在桌子旁。"

"我并不像贾斯佩那么脏。"哈士贝说。

"还好意思这样说！让我看看你的双手，"苏菲姑姑说，"真是够脏的，跟我想象的差不多！再让我看看你的脖子。乖乖，跟我想象的完全一样。"

没办法，哈士贝只好从头到尾把自己洗一遍。贾斯佩也只好这样做。至于乐纳丹，他洗了一大堆碗碟，手还是比较干净一点儿的。但他也被命令刷了一遍牙齿，洗了一遍耳朵。

在他们洗完后，苏菲姑姑说："这还算像个样子，你们现在脱下袜子和靴子，在我给你们做午饭时，好好地把你们的腿和脚洗一洗。"

这挑起了贾斯佩的一直藏在心里的火气。

"我们不能专为了吃一顿午饭就洗脚呀！"他怒吼起来——但苏菲姑姑已经到厨房去做午饭了，他们还得去洗脚。

他们把脚伸进盆里，洗脚的时候，他们有时间一起研究下一步形势如何发展。

"在我们所有的作案中，这是我们做的最蠢的一件事。"哈士贝摇摇头说道。

"她的脾气可是很坏的，那时我就曾经告诉过你们，你们早就该听我的话。"乐纳丹提醒他们说。

"可是弄一个女人到咱们这屋里来，是贾斯佩的主意呀。"哈士贝在给自己推卸责任。

"是我出的主意没错，不过把她绑架到这儿来却是乐纳丹说的的。"贾斯佩也在为自己辩护说。

"我从没说过要把苏菲姑姑绑架来。"乐纳丹不同意贾斯佩对自己的指责。

“没有，那是贾斯佩的主意。”

贾斯佩无奈地说：“好吧，就算是我说的。”

“我希望，我们能够重新恢复我们自己的独立自主权。”乐纳丹叹了一口气说完。其余两人也很赞同。

“咳，我也有同样的想法。”

他们开始思考，下一步他们将采取什么措施。

“我们可以求她厚道一点儿，主动回到她自己的家里。”贾斯佩露出了狡猾的笑容对另两个人说。

“嗯，对我们可以这样做。”哈士贝很同意贾斯佩的话。

“那你自己去做这件事吧，我不想插手。”乐纳丹不耐烦地说。

“好，我自己去办。”贾斯佩很有自信地说。

他们洗完后就来到餐厅里。贾斯佩有礼貌地来到苏菲姑姑面前。他尽量做出一副友善的面孔，说：“亲爱的苏菲姑姑，你现在能不能回到自己的家里？”

苏菲姑姑回答说：“不能，既然我来了，那就得呆在这里！”

贾斯佩都快哭出来了，“我的天！”

“您的本意不是这样的，对吗？”哈士贝期待着他想要的答案。

“我的本意就是这样的，一点儿也不含糊啊！”苏菲姑姑十分坚定地说。

“真是糟透了！”乐纳丹都快被气死了。

这天下午，三个强盗看见有人从那块荒地上向他们的屋子走来。来的人是香肠店主、民警巴士贤和其他一两个人。

贾斯佩低声地嘟囔着说：“警察来了。”

哈士贝警惕了起来，“依我看情况不妙。”

“他们也许是来接走苏菲姑姑的。”乐纳丹满怀希望地说。

贾斯佩看清了事情的本质说：“下一步就是接走我们，伙计们，走吧！”他们跑进地下室里，藏了起来在那里。

巴士贤在门上重重地敲着，大声喊：“以法律的名义命令你们，快开门！开门！”

苏菲姑姑去开了门。

“我们终于找到你了！苏菲姑姑，我真高兴啊！”巴士贤十分热情地说。

苏菲姑姑不解地说：“呀，你高兴吗？”

“我到这儿来，就是为把你从强盗的手中救出来呀！”他解释着说。

苏菲姑姑问巴士贤：“为什么？”

“嗯，因为他们把你绑架了，”巴士贤友善地说，“我们会保护你，把你安全地送回家。”

苏菲姑姑对巴士贤说，“我一点儿也不感谢你，我愿意呆在这里。我喜欢这样做。没有什么事比痛骂一阵让人感到更高兴的了，特别是针对那些值得被痛骂一阵的人。”

巴士贤和来的人都感到很莫名其妙。

警察十分不解地问苏菲姑姑：“你说的话是出自本意吗？”

苏菲姑姑笑着说：“一点也不错啊。”

“不过——对于那头狮子你是怎么想的？”他问苏菲，“那可是一种非常危险的动物呀！”

“完全不是。”苏菲姑姑十分认真地对巴士贤说。

香肠店主也很不解地说：“这倒是真叫人奇怪。”

“好吧，不管怎样，我们要逮捕这几个强盗，把他们带到警察局里去。”巴士贤很帅气地说。

苏菲姑姑阻止他们说：“完全没有这个必要，我对付这几个强盗——看我能不能！我叫他们刨土，种豆蔻子，种蔬菜。我要把他们改造成有用、善良的公民。”

巴士贤笑着说：“嗯，嗯，嗯！”他顿时感到十分轻松，因为他不需逮捕任何人了，“那么——那么我们在这儿就没事可干了。”

“什么事也没有，没有。”其余的人也随声附和着说。他们转身离开了。

地下室里，三个强盗听到了他们的谈话。他们的脸垂了下来，心也沉了一下，他们彼此呆望着，不知如何是好。

“她意思是说，她不愿回家！”贾斯佩大叫道。

哈士贝也大声喊了起来："真糟糕！"

"她要我们刨土，你们听见没？"哈士贝紧张地说，"你们听见了吗？"

"听到了，还要种豆蔻子，种蔬菜。"贾斯佩更加气愤了。

"不过她也救了我们，我们不用蹲监狱了。"哈士贝说出了苏菲的好处。

"我宁愿蹲监狱，也不愿和她住在一起。"乐纳丹说了句大实话。

"我们得想个方法解决这问题！"贾斯佩认真地思考着。

他们想了很长时间。最后乐纳丹想到了办法。

他说："听着，请听我说。今天夜晚，当苏菲姑姑睡着时，我们再绑架她，把她偷偷地送回到她原来的家里去。"

"这个办法非常好。"贾斯佩对另两个人说。

"你可真聪明！"哈士贝大声说。

"可不是嘛，我就是这样聪明的一个人。"乐纳丹十分得意地说。

当夜幕降临、万物寂静的时候，苏菲姑姑在厨房的吊床上睡得又熟又香，强盗们踮起脚尖，从钩子上取下了吊床，把她带人连床送回到镇子上她自己的家里。一路上苏菲姑姑仍旧没有醒过来。他们一路也没碰见任何人。他们小心谨慎地把她抬进家门，依旧把吊床挂在那两个钩子上，苏菲姑姑仍旧在它里面睡着。这三个强盗很得意，高兴地回到他们的贼窝，一路上唱着歌，庆幸他们的生活又恢复到苏菲姑姑没来之前的平静。

强盗们的愉快之歌

万岁，现在我们在自己的家里来回转，
我们让苏菲姑姑独自打鼾。
摆脱了她，真是一桩天大的幸事，
她的跋扈、咆哮和给我们的难堪。
啊，洗脖子、洗脸、洗脚不再是我们的事，
我们素来就非常讨厌刷牙。
我们很无能，居然一度按照她的话做，
老好的贾斯佩、乐纳丹和哈士贝。
把牙膏扔掉吧！

我们再也不用去洗碗，
这就是我们的信念。
井里储藏了那么多的清水，
只不过是让我们的嘴不干。
我们尽量少收拾房间、少洗，
再也不需要簸箕、扫帚、肥皂，
我们的生活与这些东西无关，
老好的贾斯佩、乐纳丹和哈士贝。
把洗碗打倒！

我们再也不用砍柴，
我们再也不用生火做饭——
更不用一个女人来当我们的老板。
我们已经请这位姑姑退休了，
今后我们的一切将按照自己的方式办。
我们从此将会幸福、愉快，
老好的贾斯佩、乐纳丹和哈士贝。
我们一定这样干！

强盗们在夜里

在豆蔻镇，一切情况依然和平常没两样。苏菲姑姑回到自己的家，夏季的游艺会也已经被完全忘掉了。民警巴士贤依旧过着平静的日子。

可是面包师和香肠店主却并不怎么快乐。他们不像别人，他们整夜都没睡觉。他们从未感到过安全。他们平躺在床上，眼睛睁得大大的，倾听周围的一切动静。

一个漆黑的夜晚，香肠店主突然惊醒来了，他听到店里有声音。

他十分紧张地对他的妻子说："强盗来了。"他快速地从床上跑了下来。"我这次要抓到他们！"他一边拉裤子，一边说着。

他的妻子十分担心地说："不要一人单独出去，他们可是有三个人啊。"

他心里也很清楚，"这个我知道。"

"唔，那找一个人来帮你吧。"

"我正要这样做。"他回答着。他轻轻地走了出去，溜到了隔壁面包师的屋子里。面包师睡房的窗户是开着的，香肠店主把脑袋伸了进去，喊道：

"快快醒来啊，面包师傅！"

"怎么了，出什么事了？"面包师含糊不清地问。

"强盗们溜进来了。"

"又碰上了，乖乖！"面包师大叫了一声，从床上跳了下来。他问："他们在哪里？"连忙系好裤子。

香肠店主对他说："在我的店里，他们三个都来了。"

"那我们最好把民警巴士贤也叫来。"面包师说。

香肠店主立刻说："对。"然后他们一起去找巴士贤。

"强盗们钻进香肠店里了。"他们对巴士贤说。

巴士贤十分惊奇地说："那不可能！"他从来都不信会发生不幸的事。

香肠店主非常认真地说："这是千真万确的事。这回我们必须得逮住他们。"

"当然，得抓住他们。"巴士贤表示赞同他们的观点。他也匆匆忙忙地系好裤子。

他们一起悄悄地走过街道，来到香肠店里，抓那三个强盗。

抓强盗之歌

不要作声！轻轻地，轻轻地！
尽可能保持安静！
我们要抓住那些强盗，
让他们再也不能得逞。
我们要把他们关进监狱，
将他们一网打尽。

只要抓住他们，
他们就摆脱不了这个命运。

腊肉和火腿大量损失，
香肠和成猪肉也不知去向，
他们还不止一次偷烤鸡，
痛痛快快地大吃一场。
但是这是他们干的最后勾当，
我们再也不会忍让。
对于这些好吃懒做的强盗们，
早就不该让他们跳梁。

他们偷尽巧克力蛋糕，
还有草莓果奶油馅饼，
又脆、又甜的棕色、白色面包，
和堆在酥皮糕上面的冰淇淋。
这样愉快的日子已经到尽头了，
做梦也别想再来一次。
可怕的贪馋懒汉，
早该一网打尽。
我们踮着脚尖，悄悄地，悄悄地，
我们静悄悄地齐步向前！
我们要抓住那些混蛋强盗——
啊，他们再也吃不到丰盛的午餐！
我们要把他们收监，
让他们再也没机会来捣蛋。
其他的强盗们，
看你们敢不敢再来偷东西。

他们四个人在香肠店门口停了下来，小心地听了一会儿里面有没有动静。有种奇怪的声音从里面发了出来。

香肠店主低声说：“你们听到了吗?”

面包师傅点了点头。

巴士贤十分谨慎地说，“我们现在得小心一点，你就站在外面吧，”他对面包师说，“我们走进屋子后，小心不要让他们逃走。懂吗?”

面包师小声地说：“是，我懂了。”

他按巴士贤的说法留在了屋外，香肠店主和巴士贤溜进院子里去了。

巴士贤小声说：“那里有个开着的窗户。”

“对啊，有个窗户开着，这很奇怪。”香肠店主也同样说。

在行动之前，民警仔细地思索了一下。他对其他人说：“你从窗户里钻进去，同时我把门打开。懂吗？这样就不会让他们钻空子了。”

香肠店主点了点头说：“我明白了。”

巴士贤把门迅速打开，大声喊道：“以法律的名义，我要逮捕你们!”

店内没有开灯几乎漆黑一团。只听到地板上有种沉重的响声，好像有人钻到柜台后去了。

巴士贤大声说道：“我看到你们了，快出来，听到了吗?”

一会儿听不见动静，然后一个头发蓬松的脑袋冒出来。香肠店主和巴士贤大骂——因为是莱莫的小狗波尼。他们连强盗影子也没看到!

巴士贤大声地叫了起来：“我的老天！强盗是你呀，对吗?”

香肠店主非常气愤地说：“这太糟糕了。”

巴士贤不解地问：“为什么?”

“因为这与强盗毫无联系呀。这次我们有把握抓到他们的。”

“唔，我认为也有这个可能。”巴士贤对他们说。

香肠店主嘟哝着说：“那就把这只小狗抓走吧。”

巴士贤犹疑地问：“你真的这么想吗?”

香肠店主说：“我坚持要这样做，这畜生肯定吃了我的许多牛排和香肠。看看他的肚皮多鼓。”

波尼就这样被以法律的名义逮捕了。它的颈圈上系了一根绳子，用来说明它是一个囚犯。

面包师仍旧在屋外放哨。他们走出来时，他立刻问：

“抓到强盗了吗?”接着他又问,“怎么,他们去哪里了?”

巴士贤说:“这就是强盗。”他拉了拉波尼脖子上的绳子。把这只小狗带到了警察局。

第二天莱莫来到了警局。他敲了下门,警察巴士贤走了出来,对他说:“噢,请进。”

他看出来人是谁后问:“你来有什么事?”

“我的小狗丢了。”莱莫说。

巴士贤假装自己什么都不知道,“这是真的吗?”

“它一夜都没在家。”

巴士贤对莱莫说:“原来如此,它去偷东西了——香肠和牛排。现在它被逮捕了。”

“波尼不会干那种事的,不可能是它干的。”莱莫在力为自己的小狗辩解着。

“是的,是它干的。”巴士贤十分坚定地说。

“那波尼现在在什么地方?”

巴士贤告诉莱莫:“它现在在监牢里。”但他又马上补充了一句:“不过它现在很好,过得很舒服。”

他把莱莫带到了监狱里。小狗波尼躺在小牢房地上的席上,已经睡着了。毫无疑问它忙了一夜,很累了,何况是又在香肠店里饱餐了一顿。巴士贤用靴子尖头捅醒了它。它看见主人,立即热烈地摇起尾巴。

莱莫高兴地叫着他的小狗,“听话的小狗狗,你做了什么?偷吃了香肠,对吗?”

波尼低下了头。尾巴也垂了下来。

“它说,以后再也不会做这种事了。”莱莫对巴士贤说。

民警对莱莫说:“那我这次就把它放了,我会告诉香肠店主,今后晚上睡觉时得把窗子关紧。”

明天他七十五岁了

民警巴士贤很喜欢兴办类似游艺晚会这种事儿。夏季游艺会结束后,已经有好几个星期过去了。不过他现在又有件新事要考虑了。有天上午，在他巡逻的时候，他遇到了莱莫。

“我告诉你一个秘密，”莱莫十分神秘地对巴士贤说。巴士贤也饶有兴趣地说：“请说吧”，莱莫高兴地说：“杜比雅老爷爷明天就七十五岁了。”

巴士贤觉得很惊奇。他惊叹了一声，“老杜比雅七十五岁了！这怎么可能？”

莱莫十分自信地说：“是他亲口告诉我的，才讲不久。”

“唔，那我们要为他热闹一番啊。”巴士贤兴奋地说。

“我们得送给他一件好礼物。”莱莫对巴士贤说。

“对，我们应该这样做，”巴士贤表示赞同，“还得让一些人来讲话。”

莱莫补充说：“乐队还得来演奏进行曲。”

“我们也得为他编一首特别的歌。”巴士贤现在完全兴奋起来了。

这时苏菲姑姑从街道上走了过来。

“这是怎么回事？”巴士贤大声叫了起来，“你又回家了？”

“我又回到了我的家。”苏菲姑姑简单地回答巴士贤。

“你知道吗？老杜比雅明天就七十五岁了。”

“怎么，那么一把年纪了吗？”苏菲姑姑感到很惊讶。

“他是个很好的老人。”巴士贤热情满怀。

她自言自语地说：“当然要比某些人好些，”但究竟这某些人指的是谁，谁也弄不明白，“我们该送他件礼物？”

“刚才我们还在谈这个问题，”巴士贤十分认真地说，“问题是——送什么礼物呢。”

苏菲姑姑问巴士贤：“送给他个闹钟怎么样？”她一直都是个实际的人。

“我想，不如送给他一件他喜爱的东西。”巴士贤对苏菲姑姑说。

他们正在讨论这个问题时，理发师来了。巴士贤告诉他这个秘密。

“送他一头他能骑的驴子，怎么样？”理发师对他们说，“这样他就不用走路了，可以帮他节省很多力气。”

“这有点困难，驴爬不了那么高的楼梯到塔顶上。”巴士贤对理发师说。

“或许我们可以送给他一只小点的动物，”莱莫突然有了一个想法说，“当他一个人在塔上时，一只可以和他说话的动物。”

理发师对他们说：“我懂了，鹦鹉。他可以与鹦鹉讲话，鹦鹉也可以跟他讲话。”

“这个建议还不错。”巴士贤笑着对理发师说。

“我们每人都参加，”苏菲姑姑对大家说，“每个人都做出一点贡献。”

巴士贤立刻说：“当然，我们一起凑钱买这个礼物。”

他们一起到观赏动物商店去。在所有的鹦鹉和金丝鸟之中，他们发现一只很有价值的鹦鹉。

“它是一只很出色的鸟儿，”观赏动物店主对他们说，“它能讲话……还能唱歌……是一只很聪明的鸟儿。”

苏菲姑姑对观赏动物店的主人说：“那让我们来听听吧。”

“当然，很欢迎你们来听。”观赏动物店主笑着对他们说。他让这鹦鹉唱：

美洲来的鹦鹉

听好，我是来自美洲的鹦鹉波利，
我出生的年代太久了，我记不起来了。
我刚生下时还不能讲话，但妈妈说得
有道理：
“等它大了，它就会学习人讲话的口气了。”
现在我能讲话，法拉里，法拉拉！
有的人问我：“特拉拉，你来自何方?”
我能很快就回答：法拉里奥……拉，
我是来自美洲的鹦鹉波利。

八岁以前我一直住在森林里，
有一天一个捕鸟人忽然把我抓起来。
从此便教我讲人类的话语，

并教我学唱一些歌。
是的，我能唱歌，啊，法拉里，法拉拉！
有的人要问："你从哪里学会的，特拉拉？"
我能很快就回答：法拉里奥……拉，
我曾经跟美洲的那个捕鸟人学习过。

有天一个船长上岸买了我，
他把我装在他那大衣袋里。
他带我横渡大海，有天，
当他正闭眼休息时，我钻出了衣袋，
我飞到了这儿，啊，法拉里，法拉拉，
我在这里安家，特拉拉，我很欢喜这地方。
但是，啊，法拉里奥，拉，在远方，
我是来自美洲的著名鹦鹉波荆。

"这的确是一只很好的鹦鹉。"巴士贤听完鹦鹉的表演后高兴地说。

"把它送给杜比雅再好不过了。"理发师也很高兴地说。

"是的，我们就买它吧。"苏菲姑姑说。

除此以外他们还谈论了还可以为杜比雅的生日做的其他事情。他们决定，让巴士贤组织一个特殊的七十五岁庆祝生日会。他当然对这个任务感到很高兴，于是他便到镇上巡视，告诉大家这个消息。同时他也征求大家的建议，他们能帮些什么。这样，庆生会开始具体化了。

电车司机答应编一首新歌：叫作《杜比雅长寿歌》。游泳和音乐家安德生答应巴士贤为老杜比雅作一首新的进行曲，专为他的生日而演奏。每个人几乎都作出了贡献。那天下午，杜比雅到理发店修理胡子，他发现理发店门锁上了。理发师出去和豆蔻镇的乐队成员们一起彩排《生日进行曲》去了。当然，对于这些事情杜比雅丝毫也不知道。

"他今天关门了，多不凑巧。"他心里想。他在店门口等了一会儿，也不知道该怎么办。然后他听见有人在奏乐。这是镇上乐队在练习那个新进行曲。对于这个，杜比雅也都不知道。但他静静地听着，而且他还非常喜欢这音乐。

祝杜比雅长寿

第二天清晨，杜比雅从塔上往下看，看见很多旗帜在飘荡，也听见了乐队的演奏声。他一点也不知道现在怎么回事。

他走到房间外的阳台上，像平常一样向下面的镇子张望。他看到他所有的朋友都从街道上走了过来，他们有的人拿着旗帜，有的人拿着花束。在这些人前面走着的是镇上的乐队——他们每个人都戴着白帽子。男女老少都向他挥着手，而且高呼："祝您健康长寿!"此时杜比雅才明白，这游行音乐、彩旗和花束都是在为他祝寿。他觉得很高兴。

游行行列在他的塔前停下。巴士贤发表了一篇关于庆祝生日的演讲。

他微笑着对杜比雅说："亲爱的杜比雅，你是最聪明、最好的人，豆蔻镇的所有居民都喜欢你！今天是你七十五岁的生日，我为你带来了你意想不到的礼物。这是我们大家一起送给你的，希望你能喜欢它。这是一只鹦鹉。现在我们还要为你唱一首新歌：《长寿歌》。这是特别为你编的。三、二、一!"

杜比雅长寿歌

我们歌颂长寿——（长寿！长寿!）
我们高呼长寿——（长寿！长寿!）
祝贺住在云层里面的杜比雅——（住在云层里面!）
他的房子就在青天的下面——（在青天的下面!）
他是世界上一个最和善的老头，
他为人诚恳，能预报天气，
他帮助镇上的每个居民。
（长寿！长寿!）

老杜比雅对每人都给予帮助——（长寿！长寿!）

世上没有什么东西他不能解释——（长寿！长寿！）
太阳的一切变化他都知道——（太阳的一切变化）
他也能推算出深不可测的下雨天——（下雨天的天气！）
他是世上最聪明的人，
今天他到了七十五岁的高龄，
祝贺，祝贺，祝他幸运！（万岁！万岁！）

乐队演奏完毕后，巴士贤还有几句要补充。

他对杜比雅说："亲爱的杜比雅，你有很多两条腿的朋友，也有很多四条腿的朋友——我是指镇上的小狗们。你每逢自己吃饭有肉食时，你总会送给它们一些骨头——当它们到你的塔上去找你时，用脑袋来擦着你的身体时。所以在这伟大的一天，豆蔻镇著名的小狗歌唱队也要为你唱一首特别的歌。"

杜比雅向下看去，他看见波尼和它的朋友们正仰着头哇哇唱歌（你知道的，它们只会唱一首歌）。

演讲和音乐完毕后，民警巴士贤爬到了塔顶上。他把那只鹦鹉送给了杜比雅，鹦鹉被养在笼子里。杜比雅很高兴。

"在这一生中我只希望有两件东西，"他笑着对大家说，"一件是有一只狗，另一件是有一只能够和我谈话的鹦鹉。现在两个希望中有一个兑现了。"

杜比雅说这话时，他一点儿也不知道他的另一个希望也快得到满足了。但是这件事只能等到那天下午才能够兑现。那天下午他很要好的朋友莱莫提着篮子来看他了。

莱莫笑着对他说："看，这是我送给你的生日礼物。"

篮子里装着一只非常漂亮的小狗。

杜比雅都不顾相信自己的眼睛，"真的是送给我的吗？你真的要把它送给我吗？"

"这是波尼生的最好的一只小狗，"莱莫对杜比雅说，"我要把它送给你，因为我知道你一定会对它很友善的。"

"你尽可以放心这点，"杜比雅向莱莫保证着，"每天你都可以来看我和它。”

莱莫高兴地说：“我一定会来。”

“你知道的，今天我还得到了另一件礼物，”杜比雅高兴地对他说，“一只鹦鹉。它可真是一只特别可爱的动物——而且很聪明。它能讲话！”

“这我知道，它还会唱歌呢！”莱莫说。

杜比雅十分惊讶，“还会唱歌？”

“是的。所以它是一只很好的鹦鹉，我知道。”莱莫说。

杜比雅问莱莫，“你怎么知道的？”

“是我帮他们买它的呀！”莱莫说。然后他就让鹦鹉唱了一首歌。波利就唱起那首关于它自己的歌。

“我相信世界上再也没有第二只鹦鹉能做到这一点。”杜比雅说。

莱莫说：“它很聪明，这只小狗也这样——至少不久后它就会这样。”

强盗们饿了

人们庆祝杜比雅七十五岁生日那天，多米骑着他的驴庞踢五出去逛了一圈。他骑出了城门，骑得很远。这天天气很好。庞踢五十分悠闲地走着，多米坐在它的背上，吹着口哨，悠闲自在，不用想任何事情。

他们走了很长一段路程，多米看见一座高大的老房子，座落在一块荒凉的土地上。过去他从未离开小镇这么远过，所以他不认识这幢房子从来都没见过这怪房子。更不知道谁住在那里面——甚至还不知道里面是否有人住。在周围他没有发现人影。

他对自己说：“我得在这里看看。”他把驴系在一棵树上，然后他轻轻地走到房子的旁边。窗户上布满了灰尘，他走近向里面窥望……看到的情景使他的双腿发抖！他看见了一张旧床，在上面睡着一头狮子——那头狮子睡得很香。屋子里没有一个人，而且屋内特别脏。

他想：“这真奇怪。”他绕着房子走了一圈儿，又从另一个窗户向里望。这个房间也是又乱又脏，十分可怕，不过这个屋子里有三个人。这时多米就猜到了谁住在这里——是三个强盗！看上去他们好像刚刚起床，因为他们中有一个人没有穿裤子，另一个人没有穿衬衫，第三个人正在找他的鞋子。他们似乎都有怨气，在发牢骚。多米听见他们说："我的裤子去哪里了？""我的衬衫在哪儿？"……诸如此类的事。他正窥看时，他们就找到了衣服，也穿上了。他们好像非常饿，因为他听到他们在一起讨论：

"我们什么面包也没弄到。"贾斯佩先说话了。

"我们什么吃的都没有。"乐纳丹第二个开口了。

"你是说，我们屋里一点面包也没有了吗？"贾斯佩问他的同伴们。

哈士贝十分肯定地对贾斯佩说："甚至连一点面包屑也没有。"

乐纳丹不解地问："连糖姜面包也没有了吗？"

哈士贝用更加肯定的语气说："没有了。"

贾斯佩嘟囔着："这可糟透了。"因为他想吃面包。

"不过还有一点咸肉、土豆和青鱼。"乐纳丹对贾斯佩说。

"我要吃面包，那可不行。"贾斯佩倔强地说。

"我们一点儿面包也没有。"乐纳丹十分无奈地说。

"唔，那我们只好到面包店一趟。"贾斯佩说。

"怎么，现在就去吗？"哈士贝问贾斯佩。

"现在不能去，不行。等到晚一点，天黑了再去。"

多米仍旧站在窗户边倾听，突然他害怕起来，不敢再呆在那里，怕强盗们发现他。他踮起脚尖，离开了。他跳到庞踢五背上，骑着这头驴快速地回到镇上。

回到家后，他告诉了爸爸他在强盗家窗外听到的事情。他的爸爸立刻就紧张了起来。因为强盗们夜里偷偷进他的铺子偷东西已经不只一次了，把他店里的咖啡、糖、麦片和豌豆偷走了很多。

"这次我们要抓住他们！"他十分生气，就要叫出声来了。

他连忙把这件事告诉面包师，后来又把香肠店主找来。他们坐在一起，研究方法抓住那几个强盗。

"我们不声不响地待在你的店里等他们来。"香肠店主很有信心地对面包师说。

"我们在他们正偷东西的时候抓住他们，然后就把他们送到警察局去交给巴士贤。"

“你觉得没有警察巴士贤参加，单是我们三个普通人去抓他们，行吗?”面包师问他们两个人。

“当然行啊，不会有问题的。”香肠店主肯定地说。

“我们一共有三个人，强盗也不过三人——我们一人对一个。杂货店老板先生，你对付那个个子最大的强盗，我对付那个中等身材的强盗，而你，面包师，去对付那个个子最小的强盗。”

面包师十分坚定地说：“好。”

杂货店老板说：“你说得对。”

然后他们就在面包师的店里藏了起来，等强盗们来，然后把他们一把抓住。

抓住了

强盗们当然不会知道香肠店主、杂货店老板和面包师的布局。他们坐在屋里，迫切地想吃面包，当然他们也迫切地等待黑夜的来临。

“我想，出发之前，我们最好是先给狮子点东西吃。”哈士贝说。

贾斯佩对他说：“你可以给它点咸肉。”哈士贝来到狮子正在睡觉的房间。狮子一见他就咆哮了起来——不过狮子总咆哮。

哈士贝高兴地对狮子说：“现在送给你一点肉吃。”同时递给它一块咸肉。

狮子特别满意地把肉吃掉，还喝掉了一小桶水，然后它舒舒服服地伸了个懒腰，就把脑袋枕在哈士贝的膝上躺着。哈士贝在它耳朵后搔一下痒——他很喜欢这样做。

他笑着对狮子说：“你是一头善良的狮子。”

“呜——”狮子呜呜叫了一声。

“你得小心，不要让人进来，不要让任何人把你的好朋友哈士贝抓走，好吗?”

“呜——”狮子又呜呜叫了一声。

哈士贝笑着说：“我知道你会这样做的。”他又在它的下巴下面搔了儿下。狮子舒舒服服地闭上了眼睛，享受着他的搔痒。渐渐地，哈士贝也打起哈欠，他们俩就这样一起睡着了。

天终于暗了下来。另外两名强盗感到奇怪，是什么东西把哈士贝给缠住了。

“我有好一会儿没见到他了。”贾斯佩对乐纳丹说。

“从他给狮子送东西吃。”乐纳丹对贾斯佩说。“他就不见了。”

“我希望狮子不要嫌他送的东西少而把他……”贾斯佩说话的声音越来越低。

“呀，你认为狮子会……”

“唔……狮子的事，谁也没把握。”贾斯佩也十分害怕地说。

乐纳丹也很担心地说：“我们最好还是去看看。”他们两人踮起脚尖走进隔壁房，发现狮子和哈士贝睡在一张床上。

“看他们的这样多甜蜜！”乐纳丹笑着说。

“喂，起来！”贾斯佩大叫了一声，摇晃着哈士贝的肩膀。“我们得快点出去找面包呀。”

哈士贝跳下床。“什么时候了？”他十分着急地说。

贾斯佩无奈地说：“不早了。”

“今天我们不能带着狮子一起出去吗？”哈士贝笑嘻嘻地问。

“不能带狮子一同去，不行。”贾斯佩一口就否决了。

“带它有好处，能防止别人抓我们。”哈士贝说着带狮子的好处。

“没人知道我们今晚出去作案呀。”贾斯佩认真地说。

豆蔻镇，这一夜黑得都伸手不见五指，而且也静得没一点儿声音。这三个强盗踮起脚尖从空荡荡的街上走过，直接来到烤面包房。

“小心不要弄醒面包师。”贾斯佩警告着其他两个强盗说。

乐纳丹也随声附和着，“不能弄出声音。”

哈士贝取出一大串钥匙，试了一下后门的锁。不过当他握住门把手时，门就自动开启了。

哈士贝说：“我的天老！面包师肯定忘记了锁门。”

“看来我们今天的运气很好。”贾斯佩大笑着说。

面包店里一片漆黑，不过强盗们知道东西放在什么地方。贾斯佩取出袋子，装了五六条麦糊面包。他还装了一块大蛋糕、几块白面包和顺手能抓到的各种东西。哈士贝则抓了一大块巧克力牛奶糖，而乐纳丹咬了一大块姜糖面包。

他们想拿的东西还多得很，不过突然电灯亮了。门嘎地一声开启了。面包师、杂货店老板和香肠店主站在门口。把强盗们吓了一大跳。

“我们这次可把你们抓住了。”香肠店主大声地吼着。

贾斯佩无奈地说：“我们真倒霉。”

“我说过的，我们该把狮子带来。”哈士贝立刻就想起了他的狮子。

乐纳丹什么也没说，因为他的嘴塞满了姜糖面包。

杂货店老板问他们这三个可恶的强盗：“你们投不投降？”

强盗们思考了一会儿。

贾斯佩对他的两个同伴说：“我们投降吗？”

“如果你们再给我三块姜糖面包，那我们就投降。”乐纳丹怎么也想吃到面包。

他们给他几块姜糖面包。面包师找了一根绳子，把他们绑一排，以免他们逃掉。杂货店老板和香肠店主也将自己和他们绑在一起——一个人在前，一个人在后。他们以这个样子，就开始一起走，走到了警察局。

四十八天

他们来到警察局门前，面包师走上前，敲了敲门：“警长，开门！”他喊道。

巴士贤过了一段时间才真正醒过来。外面的人听见他迷迷糊糊地问：“这么晚了？”

面包师大声地叫了起来说：“三个强盗。”

巴士贤大叫一声他很害怕：“什么？你们到这里来干什么？”

他认为是强盗们在喊他。

“巴士贤先生，是面包师在敲门呀，”其他两个人中的一个说，“我们抓到了强盗呀。”

巴士贤叫出声来，他不相信这件事："不可能!"

面包师自豪地说："不是不可能呀，快开门吧，你能亲眼看见。"

这时民警已穿好衣服，也找到钥匙。门开了。

面包师笑着说："我们全在这儿。"感觉很为自己骄傲。

"看上去你们好像一共有五个人。"巴士贤不解地说。

"只有三个强盗，"面包师解释道，"其他两人是杂货店老板和香肠店主。"

巴士贤说："哦，我懂了，懂了，早安，杂货店老板。香肠店主，早安——也许说'晚安，比较合适吧？你们都请进，欢迎你们!"他又对强盗们补充说。

他取来眼镜，坐在桌子旁，拿出了一个大本——他把它叫讯问簿。

他问那三个人："你们就是那三名强盗吗?"

强盗们异口同声："是。"

巴士贤十分认真地说："好……我得把这个记下来，下一个问题：你们的名字都叫什么呀?"

"贾斯佩"，"乐纳丹"，"哈士贝"，他们各自说出自己名字。

巴士贤说："好，好。"他在本里记了一笔。

"现在——告诉我，你们今夜干了什么勾当?"他严厉地问他们。

这三个强盗互相望了一眼。

乐纳丹对贾斯佩说："还是你说吧。"

"我们——我们只不过——晚上出来散步，"贾斯佩开始说谎了，"我们——我们的手指头冻得很疼。我们想，面包师——或许正在烤面包，那么他的烤面包房一定很温暖，很舒服……所以我们——我们——就走了进去，想暖和一下自己。"

巴士贤对他们说："嗯，我觉得这很可能，"他把这些话又记在他的本本里，一个字都不漏，全记了下来。

"唔——这不是真的呀，"面包师开始反驳，"他们到我的店里是来偷面包的。那个大个子贾斯佩，在我们没有抓到他之前，就已经偷了一块蛋糕，四条麦糊面包和三块白面包，而且已经装进袋子里去了。"

巴士贤无奈地说："看来真的这很不幸，你有什么话要说?"他问贾斯佩。

“唔，这只不过是一个小小的误会罢了，”贾斯佩又开始说假话，“我们走进烤面包房时，漆黑一团。我提着的那个袋子正好是口开着的。我不小心碰着了面包架，那上面放着的蛋糕、几条麦糊面包和白面包。它们——嗯——它们被碰到了，从架子上滚下来，滚到我的袋子里去了——你可以这么理解。”

巴士贤十分不安地说：“这听起来也有可能。”

“不，这不是真的，”面包师重复着说，“蛋糕和面包并不在一个架子上呀。”

民警十分沮丧地说：“真的是这样吗？这可就使得案情变得很糟糕了。”接着他看了看贾斯佩，说：“你们在面包师的店里偷面包，对吗？”

贾斯佩对他们说：“嗯，我猜可能是。”

巴士贤的笔慢慢地在本子上划，“等一会儿，我得把这记下来，你再说一遍，我没记全。”

“我说：我猜可能是。”贾斯佩又重复了一次。

“那个胖子，我们抓住他时，他嘴里还嚼着姜糖面包呢。”香肠店主指着乐纳丹说。

巴士贤问乐纳丹：“是这样吗？”

乐纳丹小心地点了点头。

“但他爱啃姜糖面包呀。”贾斯佩解释道。

“他爱啃姜糖面包——”巴士贤又慢慢地在本子上记了下来。他又问贾斯佩：“你们偷了别的东西没有？”。

贾斯佩十分认真地说：“没有。”

杂货店老板建议着说：“最好翻翻他们的口袋。”

贾斯佩、乐纳丹和哈士贝只好把他们的衣袋对着巴士贤的桌子翻开来。贾斯佩的口袋是空的，乐纳丹的口袋也是空的。但哈士贝的衣袋里却装着一大块巧克力牛奶糖。

巴士贤又记了下来：“一大块牛奶巧克力糖。”

“但这不是给我吃的。”哈士贝连忙解释说。

巴士贤好好地问：“不是？是给谁吃的？”

“给狮子吃的。”

巴士贤停止了写字：“你说什么？拿巧克力牛奶糖给狮子吃？”

“比起其他的糖果，它便喜欢吃巧克力牛奶糖。”哈士贝笑着说。

巴士贤说：“对动物友善是好事，但偷别人的东西却是坏事。”

哈士贝回答说：“我知道，我知道，但我的原意是，面包师来找我时，我就会立刻付钱给他。只可惜我还来不及这样做，因为他来得太快了。”

民警对他们说：“嗯，或许是这样，这次可以这样说。不过，过去你们到镇上来已经偷东西无数次了。以法律的名义，我要逮捕你们。你们得蹲四十八天牢房。”

贾斯佩十分生气地说：“时间太长。”哈士贝小声地问：“牢房里暖和吗？”

“啊，十分暖和。”巴士贤说。

哈士贝笑着说：“那就行！”

乐纳丹问巴士贤：“我们有东西吃吗？”

巴士贤笑着说：“多的是，一天三餐。”

就这样，三个强盗坐牢房了。这牢房是巴士贤和他妻子住房的一部分。

监牢里发生的事情

这监牢只有一个牢房，但它里面阳光十分充足，很舒服，而且还很暖和。那里已经有好几年没住过囚犯了，因此，这三位强盗突然到来，巴士贤要考虑的事就多了。他得准备好床铺——三张很好的床铺，三把椅子和一张桌子，因为强盗们得有地方睡和坐呀。

他们在牢房里呆了一夜以后，巴士贤清早就来了，来询问他们的感觉。

哈士贝十分高兴地说：“很不错。”

贾斯佩也很高兴地说：“床铺很舒服。”

乐纳丹看了看椅子说：“椅子也不错。”

巴士贤也很高兴地说："那就太好了。"他听到他们说生活得很舒服，很高兴，"我现在得给你们拿个洗脸盆和肥皂来。"

"这种事就不需麻烦您了，警长，"三个强盗齐声说，"现在我们这个样子，已经觉得很满意了。"

巴士贤妻子也发现，她得做不少的事，因为除了为丈夫做饭外，她还得给三个强盗准备伙食。她是一个善良的、实在的人，心地和民警一样善良。她忙着做饭——做出叫蹲牢房的人也觉得好吃的饭。她一边忙，一边唱歌。

巴士贤大娘之歌

我们有一个十分漂亮的警察局。
作为妻子，我觉得自己有福气，
因为我的英勇无比的巴士贤，
是我一生中最爱的丈夫。
他是男人中最棒的榜样，
为人纯朴而又和善。
当我要洗一大堆衣裳时，
他总是热情地过来帮忙。

他保护我们的生活平静。
在豆蔻小镇。
我们从来都不使用这个监狱，
直到这三位强盗光临。
他们呆在我们的牢房里，
怎能不叫人感到有些吃惊，
他们对我们多少有些好感，
我们夫妇也很喜欢他们。

我得帮他们把衣服补修，
还得为他们炖大块牛肉。

我第一次发现他们的胃口太好了，
吃东西没完没了！
我给他们烤了四十条青鱼——
我给他们送鱼时吓了一大跳，
乐纳丹那个馋鬼，
又额外求我再烤十五条！

他们倒也很喜欢逗人，
不像人们说的那么讨厌，
对于蹲牢房的生活，
他们过起来似乎很甘心情愿。
比起他们住在外面，
他们说在这里生活更美满。
他们想呆在这里永远，
好像是我们中的成员。

他们变得越来越有礼貌了，
他们从来不撕破脸。
我知道他们脏得不堪，
但肥皂就可改变他们的面貌。
刷子和一把梳子将他们梳理，
很快他们就会显得仪表不凡。
谁知道他们会不会成为漂亮人物。
风度翩翩的人呢，全身洁净？

她给了他们一个盆子，好让他们能在牢房里洗脸洗手。她还给他们送来了水和肥皂——不过他们觉得没这个必要。她还送给了他们一小瓶花和一块桌布。

“这些东西可以使我在这里生活得更舒服哩！”哈士贝说。乐纳丹也赞同这个观点。“这使我们看着像个普通人呢，”他说，“这倒引起我们想洗一洗自己——只洗一点儿，甚至梳理一下头发的想法。”

贾斯佩也很赞同地说：“我也有这个感觉。”

“那我们就梳洗一下，看看结果如何，怎样?”乐纳丹说。他向脸盆里倒了一点儿水，在毛巾上擦了一点儿肥皂，然后在脸上轻轻滑了一下。

哈士贝关心地问他：“擦得痛吗?”

“不太痛，还不错。”乐纳丹说。接着又把自己洗了一下。

贾斯佩不耐烦地说：“够了，”他是老大，“现在该轮到我了。”

他开始洗自己，甚至还洗了一下耳朵。事后他似乎觉得听觉变得灵敏一些了。

哈士贝是他们中最漂亮的人，也是最勇敢的。他把脑袋直接伸进盆里，用肥皂擦洗了一番，肥皂泡向四方飞溅。

他用毛巾擦干时说：“可真舒服啊!”他的面目为之一新，甚至他的两位朋友都很难认出他。不久之后巴士贤来检查他们的生活，一时也认不出他们了。他仔细看了看他们，说：“那站着的不是你们的同伴，是吗?”

“那是哈士贝呀，”贾斯佩说，“他是我们的伙计，没错。”

“看来不太可能。”巴士贤十分惊讶地说。

乐纳丹说：“那是因为他洗了澡。”他们都哈哈大笑，巴士贤也笑了起来。

贾斯佩说：“我们在这个地方生活得很好。”巴士贤听了也感到很高兴。

哈士贝说：“此外，能跟别人讲话也很愉快。一直到现在为止，我们就只能在自己三个人中间讲话。”

乐纳丹说：“那当然好，但是最美的事情是，现在有位太太给我们做饭!”

“巴士贤太太对我们真是太好了!”哈士贝突然说，“我甚至不得不想起另外的一个问题——我们可怜的狮子在家里很孤独，而且还在挨饿，但我们在这个地方却过得很好。”

巴士贤很同意他们的话，“是的，那太好了。”

“您能否发点慈悲，把它也给抓来?”哈士贝问道。

巴士贤连忙说：“当然不能，狮子不是任何人都能逮捕的动物。”

“但是它是一头很懂理的老狮子。”乐纳丹用劝说的口吻说道。

巴士贤说，“不能，狮子毕竟是狮子呀，它必须留在原地，直到你们被放回家。但是，我可以叫哈士贝每天送点吃的给它。”

“不过我们没有任何食物可以给它呀。”哈士贝说。

“唔……没有……我们得想办法来解决这个问题。”巴士贤说。

半个小时后，巴士贤回来了，手里提着一袋子满满给狮子吃的食物。都是从面包师那里要来的面包和从香肠店要来的肉。“这里还有一块我送给它的巧克力牛奶糖。”巴士贤说着，满脸笑容。于是哈士贝便得到允许回家喂狮子。这些天其余的时间他都不在，但晚上他回到监狱了。

他汇报说：“狮子把食物全吃光了。”

巴士贤说：“太好了！”

理发师的发现

强盗们把自己梳洗过两三次之后，又梳了梳头发，他们的面貌就焕然一新了。但是巴士贤还是不太满意，觉得他们的头发太多，脸上的胡子也非常长，于是让他们打扮打扮，理理发。理发师来了，带着梳子、剪子和刮脸刀。他还带来了单簧管，因为他除了是一位理发师外，他还是豆蔻镇乐队的一名成员。只要平时有空闲，他就会唱歌或吹起这个乐器。

理发师之歌

我又修又剪，又梳又理，
整天给人擦油和打肥皂。
我最喜欢的事情，
是演奏交响乐和唱歌。
你知道，我是指挥，
是豆蔻镇乐队的头头。
每当我吹起单簧管，
我对生活就充满信心。

（单簧管独奏）

杜比雅多次来到我的店里，
修理他那有名的胡子。
我洗得它泡沫纷飞，
它那银白色显得更加美丽。
我用毛巾把它包好，
然后我又吹起单簧管。
奏出优美的曲调，
直到他的胡子变得又干又神气。
（单簧管独奏）

我是多么喜欢我的单簧管，
我有时可以吹一整天。
我一边唱《理发师之歌》，
我一边慢慢修剪胡子。
我梳了又修，修了又理，
我的活儿干得很圆满，
因为我在唱《理发师之歌》，
同时在吹单簧管。
（单簧管独奏）

作为理发师，他在这三个人的脑袋上下了一番功夫，因为他们的头发又蓬松又乱，每个脑袋他都得费大力气洗擦才能插进梳子。每次他用梳子刮一下，乐纳丹就会大叫一声，贾斯佩就会发脾气，说这种剪头发的方式无聊透顶。但是理发师不管这些，他知道一个人应该有一副怎样的外貌，头发有时就得洗洗。

他把一切的事都做完后，他在他们头上喷了些香水。这使贾斯佩又笑，又打喷嚏。他嗅了一下说："这香气倒是很好闻的。"

接着理发师又把他们的头发梳了几下，梳成分头，让他们变得十分时髦。他们也感到很骄傲，不停地在镜子里看自己的面容。

“谁也不会认出是我了！”贾斯佩激动地说。

哈士贝说：“谁都不会相信，这就是我！”

“没有人看得出我是乐纳丹！”第三位也说。

理发师干完了活儿后，就拿出他的单簧管休息了一会儿。他在吹奏时，这三名强盗就坐着静静地听，一动不动。

贾斯佩说，“你吹得很好。”

“你知道还有什么人会演奏吗？”理发师问。

贾斯佩说，“我们会。”

这真是一则让人吃惊的新闻。

理发师问：“你们？你们会演奏吗？”

贾斯佩说，“一点也没错，我们成为强盗之前，原来是街头音乐家。”

理发师没说二话，就把单簧管递给了他。“吹个曲子，看看你们能做些什么。”他说。

“我不会吹那家伙，”贾斯佩说，“我吹巴松管——如果你知道那是什么家伙的话。”

乐纳丹说：“哈士贝会吹笛子，而我会打鼓，敲碟子盖或者其他什么东西。”

“乖乖，你们几个人可以组成一个乐队。”理发师叫出了声来。

贾斯佩说：“我们不能组，因为现在我们什么乐器都没有了。”

哈士贝说：“全都卖掉了，卖了二十五块钱。”

乐纳丹说：“我们真是糊涂呀。”

理发师兴奋了起来。他问他们，如果他帮他们弄到一根巴松管、一个鼓和一管笛子，他们是否能够真的演奏。

贾斯佩说：“当然能啊。”这样的话，理发师就答应了，他会想办法弄到那些东西的。然后他就直接回到镇上去了。

他离开了之后，巴士贤太太就把强盗们的食物送来了。她大吃了一惊，差点儿把饭盘丢到地上去。

她大叫一声，“我的老天！你们几个人突然之间变得这么漂亮了，真是没有想到。”

“还不错，是吗?”贾斯佩边说，边往镜子里看了自己一眼。

“你不能再唱你那首歌了，巴士贤太太，”哈士贝说，“那首歌里有这样的一个句子：‘我知道他们肮脏不堪，但……’。”

“如果你乐意的话，你还可以继续唱呀。”乐纳丹说，因为他一下子想起了这首歌结尾的一句：“风度翩翩，全身洁净。”

理发师很快就回来了，带来一对铙钹（náo pó）、一个鼓、一管笛子还有一根巴松管。

他说：“这全都是为了你们的乐队。”虽然他有些不太相信这些强盗会吹奏。贾斯佩很喜欢那根巴松管。他把它抚摸来，又抚摸去，就像是一件心爱的宝贝。

“我们还是街头音乐家时，我有一根跟这根一模一样的巴松管。”他说。

哈士贝拿起了笛子，上上下下打量了一通，说：“我过去也有一管这样的家伙。”他吹了一两个小调。理发师欢呼了起来，高兴得不行了：“你会吹！你真的会吹！我能看出来！”

贾斯佩微笑了起来。他说，“只要乐纳丹把铙钹和鼓准备好，我们可以马上为你演奏一首《街头音乐家进行曲》。这是我不久前编的。”

乐纳丹说：“已经准备好了，我们开始吧。”

“准备好了。”哈士贝和贾斯佩也异口同声说。

于是他们开始演奏贾斯佩所说的《进行曲》。他们演奏得很好，理发师控制不住自己了。每次乐纳丹击鼓，理发师就跳一下。他大声地高呼：“好哇！好哇！”

巴士贤也听到了音乐。他也连忙赶过来听演奏。

他大声地说：“这真的是太好了！”理发师对着他喊道：“我也得学习这个《进行曲》，然后把它教给安德生先生、杂货店老板还有我们的鼓手，好让我们豆蔻镇的乐队可以在明年的游艺会中表演它。”

“我们还会表演另一首音乐，一样好听，”贾斯佩说，“那是一首华尔兹舞曲。如果理发师跟着它的拍子跳舞，那会比按刚才的曲子跳舞要漂亮得多。它会令每个人都来跳舞。请听。”

这个曲子比《进行曲》使理发师更喜爱得不得了了。他强烈要求强盗们把这个曲子教给他。

贾斯佩说："你真的是一个好理发师，你在我们头发上下的功夫真的是太奇妙了，我们一定会把这支华尔兹舞曲教给你的。"

哈士贝说："但是只能从明天开始，现在我得出去一下。"

理发师十分惊奇地问："你准许哈士贝出去吗?"

巴士贤说："对，他得去喂狮子，他早就该去喂了。"

"请明天来吧，"哈士贝掉过头来说，"我们会把整个《进行曲》教给你，如果您愿意的话包括华尔兹舞曲。"

寂寞的狮子

哈士贝从监牢里出来后，他背着一袋子食物去喂狮子。路途并不近，而且天也很晚了。他走近屋子时，听到狮子已经在烦躁地咆哮。

实际上不值得发那么大的火气，那是因为他们把它伺候得十分舒服——当然也只是就狮子而言的。而且他们已经把通向院子的门打开了，院子外面还围了一道墙，所以只要狮子愿意，它随时都可以到院子里玩。如果外面的天气不温暖，它也可以躺在卧室的床上睡觉。

哈士贝把钥匙在门锁上转一下儿，当他走进时，狮子正站在门里等待着他。一见到他就跳了过来，几乎要把他扑倒。狮子舐着他的脸。

"好了，老家伙，好了，"哈士贝说，"不要兴奋得过火了。让我从袋里取出食物。"

他打开了那些可口的肉食，又打来一桶水。他把巴士贤送的礼物递给了它——巧克力牛奶糖。"这是你的点心。"他说。摆出这些东西后，狮子似乎觉得很满意。哈士贝又在它的下巴下搔痒——它很喜欢这动作。

"狮子，我很为你感到可惜，"哈士贝说，"你没和我们一样被抓走。你知道的，我们也没办法来帮助你。你目前只好独自住在这里，但不久我们就会回家了。我现在最好回去，要不然巴士贤先生会生我的气。再见吧，乖一些吧。"

他在狮子的面前把门锁上，然后又回到镇上。

每天理发师都到监狱里来聊天，也学习强盗们演奏的《进行曲》和华尔兹舞曲。作为还礼，他也教他们一些自己作的音乐。从早到晚强盗们都在练习。对于这一些，巴士贤跟他的太太也都觉得很高兴。就这样警察局变得生气勃勃了，这里好像每天都有一个游艺会举行。

不过有件小事令巴士贤感到很不安，那就是给狮子弄食物。因为它吃得太多，而香肠店主对自己店里的肉食又很吝啬。

“他说他不会再无偿提供肉食。”有一天巴士贤对贾斯佩、乐纳丹、哈士贝说。

哈士贝不安地说：“这可真不幸。”

“我们得想想别的办法来为狮子找吃的。”巴士贤说。

哈士贝说：“或许我们可以偷一点来。”他完全忘记了自己在什么地方，也忘记了巴士贤会生气。

他吼着：“你们不可以再干这种事，不许再盗窃！我不允许！”

乐纳丹说：“他说得很有道理。”

“唔，我们可不可以到乡下去转一转，为弄一点肉食而做一次演出？”贾斯佩建议着说。

这时民警想到了个好办法。

他大声说：“我想到了，我们可以在广场举办一个音乐会。让人们买票来听音乐会。收到的钱就可以买东西给狮子吃。”

理发师说：“这个办法真是太好了。”

贾斯佩问：“音乐会要怎么开呢？”

巴士贤说：“这个我来安排，你们要考虑的是你们演奏什么。”

“你是否有把握，人们来听音乐会会付钱吗？”乐纳丹问。

巴士贤说：“我有把握。”于是他就离开了，去安排音乐会了。

第二天，广场上贴出了一张非常吸引人的海报，上面用特别大的字号写着：

音 乐 会

将会在广场上举行

为一只正在挨饿的狮子募捐

豆蔻镇监狱乐队即将演奏：

1. 贾斯佩进行曲
2. 街头音乐家的华尔兹舞曲
3. 安德生先生创作的长寿进行曲

（入场费：成年人三分孩子二分）

整整一天，只要人们从这张海报前经过，总是要停下来看一看它的内容。到了八点的时候，广场上已经挤满了人。

老杜比雅来了。小学教师、苏菲姑姑、莱莫、多米、小贾莱娅以及其他许多人都来了。理发师坐在一张桌子旁边，桌子上放着一个钱盒，里面收集了很多铜币和钢币。像平常一样，主持人是巴士贤，他发表了一篇简短的演讲："欢迎各位来参加这个不平常的音乐会。对于大家的光临，我觉得很高兴。这意味着狮子会有很多钱来买食物。现在让我来向各位介绍乐队的成员：贾斯佩负责演奏巴松管，哈士贝负责吹笛子，乐纳丹负责打鼓和做其他的一些小事情。第一个演奏的节目是《贾斯佩进行曲》。

于是乐队就演奏进行曲，接着就演奏华尔兹舞曲，最后演奏的是《长寿进行曲》——这是他们从理发师那里学的。每个节目在演奏完后，广场上都响起了震耳欲聋般的掌声。音乐会结束后，每个人都认为这是一场前所未有的优美的音乐会。民警巴士贤认真严肃地把这些铜币和钢币加起来——一共十五元五角，全部作为狮子的伙食费！

塔上失火

过去，杜比雅一个人住在塔上很寂寞，但是那样的日子已经结束了。现在他有了莱莫送他的小狗，还有镇上居民为给他祝寿送他的鹦鹉波利。波利是一只很友善的鹦鹉，它经常跟他讲话。当它没什么话要讲时，它就唱那首有关于自己的歌。

波利无疑是一只很聪明的鹦鹉。杜比雅一天比一天更喜欢它——也同样很喜欢那只小狗。他们三个生活在一起，十分幸福。

一天，发生了一件可怕的事情。杜比雅出门去买肉，把小狗和波利留在了家里。他在外面的时候，塔里的楼梯上突然起火了。街上有人喊："着火了！着火了！"人们从四面八方跑到这儿来帮忙灭火。巴士贤、理发师和师理悟立刻就来到了现场。杜比雅从香肠店走出来时，看到浓烟大火，很吃惊。"谁能去救我的鹦鹉和小狗啊？"他大声叫喊，"它们在塔里，在上面。"

大家想着各种办法去救它们，但他们无法从楼梯爬上去。杜比雅听到小狗在叫唤。他也哀叫了起来："谁能救救我的鹦鹉和小狗呀？"

巴士贤顿时就想到了贾斯佩、乐纳丹和哈士贝——他们是强盗，一定都会爬墙。他急忙跑回警察局，打开了牢房的门，大声喊："快出来！塔上起火了，我们去帮忙灭火！"

强盗们马上就冲了出来，向塔那里跑去。巴士贤跟在后面跑着。"塔上有一只鹦鹉和一只小狗，"民警上气不接下气地说着，"你们能救出它们吗？"

贾斯佩说："我们试试看。"

三个强盗开始爬塔的高墙。"下边的人，"过了一会儿贾斯佩说，"递来一根绳子，我们要用！"面包师立刻就找了一根长绳子——不久前他还用这根绳子绑过这几个强盗呢！他喊着："绳子在这儿呢！"乐纳丹向下爬了几步，直到他能接到这根绳子。然后他又爬了上去。

"我觉得他们能应付这个局面。"巴士贤说，希望问题能解决。

贾斯佩向他招了招手，好像是在说："警长，相信我吧。"

贾斯佩继续往上爬。下面的人都屏住呼吸望着他。终于，贾斯佩爬到了阳台边，他翻过栏杆，钻进了塔里。下面的人都鼓掌，高喊："贾斯佩，好哇！"乐纳丹和哈士贝也爬到了阳台边，翻过栏杆，钻进塔里了。众人也为他们喊："好哇！"

情况是非常激动人心的。大家都站着一动不动，望着塔上的变化。贾斯佩走到塔外面，手里提着鹦鹉笼子。不一会儿，哈士贝用手托着小狗出现了。最后乐纳丹拿着杜比雅的粮食匣子和望远镜露面了。当然大家都在鼓掌欢呼。老杜比雅激动地在扯着胡子，几乎快把它扯掉了。

“绳子，请注意！”贾斯佩大声喊着。他放下系在绳子上的鹦鹉笼子。波利吓得发呆，在它被放下的整个过程中，它不敢动一下。杜比雅赶忙上前去，接笼子。这时绳子又被拉了上去，接着粮食匣和望远镜也被放了下来。小狗还要等一会儿，因为把它绑在绳子的末端且不伤害它，还不是件容易的事。

“绝不能让它溜出绳子的圈，摔到地上。”乐纳丹说。

“那我们对它怎么办呢？”贾斯佩说。

哈士贝说：“把绳子绑在我身上。”

他们就这样做了。哈士贝把小狗抱在了怀里，拉着绳子沿着塔溜了下来。他安全到达地面，把小狗交给杜比雅。他说：“给！它没受一点伤。”

杜比雅把手搭在哈士贝肩上，说：“从今以后，你们三个，是我最好的朋友。”

鹦鹉和小狗、粮食匣和望远镜，就这样被抢救出了来。不过贾斯佩和乐纳丹依然在杜比雅的阳台上。巴士贤向他们大喊：“喂！快下来，不然你们会被烧成灰的！”

“还没到那种地步！”贾斯佩向他回喊，“我们先把火扑灭。送几桶水上来！”

于是大家忙着取水桶，把它们装满水，系在绳子上，送到塔上去。乐纳丹拉上水桶，把水向楼梯的火泼去，然后又用绳子把空桶放下，再装更多的水。乐纳丹又把水桶拉上来，贾斯佩再把水泼在火上。

半个小时后，火终于灭了——这时贾斯佩和乐纳丹才下来，和杜比雅、哈士贝及其他的人站在一起。

人们都显得十分高兴。理发师欢呼了三次，又欢呼了三次，最后又向三个强盗欢呼：“好哇！好哇！”

“你们是我见过的最好的消防员。”杜比雅对贾斯佩说。

巴士贤说：“提起消防员，豆蔻镇连一个消防员也没有，这太也不成话了。我们得马上挑出一个消防员。”

人们听到这话时，他们就一起高声喊：

“让贾斯佩当我们的消防员！让贾斯佩当我们的消防员！”

巴士贤说：“好，好，这正是我所想的。有消防员，我们也可以放心了，也算是给贾斯佩找了一个对别人和他自己都有益的职业。”接着他就问贾斯佩是否愿意接受这个工作。

“我一直都想当一名消防员呀。”贾斯佩说。

“那么，事情就这样定下来了。”巴士贤说。因此，贾斯佩也就成为了豆蔻镇的第一个消防员。

“我想，我们得回牢房里去了。”乐纳丹和哈士贝说。

“你们喜欢到哪儿去，就到哪儿去，”民警巴士贤说，脸上浮现出一丝微笑，“你们自由了。”

乐纳丹问：“自由了？真的自由了吗？”

巴士贤说：“真的自由了。”

“我们能像一般人一样在街上走路吗？”哈士贝问。

巴士贤说：“当然。”

哈士贝说：“那真是太好了。”

乐纳丹问：“我们也能乘电车吗？”

“你们想什么时候乘就什么时候乘。”巴士贤说。

“那真是很有趣的事儿啊！”乐纳丹说。

但他们仍旧是回到牢房里去了。他们梳洗打扮了一番，然后就泰然自若地到街上去走。他们在街上遇见的每一个人都热情地招呼他们，说：“早安！”或“天气好哇！”跟大家一样，他们也哈腰回敬，说：“早安！”或“天气真好！”

贾斯佩说：“这太好了。”

“我们好像和普通人没有两样。”乐纳丹说。

他们到电车站的时候，电车正要开始行进。电车售票员招呼他们，说：“各位，早安，你们是要坐电车吗？”

他们回答说：“啊，谢谢你，那非常好！”

他们便跳上电车，坐了下来，自己也觉得骄傲。“我们现在可以坐电车逛街了。”贾斯佩说。

电车售票员按了按铃，电车开始行进了。

强盗们找到了工作

没有过多大一会儿时间，贾斯佩、乐纳丹和哈士贝穿过了广场。他们遇到了面包师。他站在他的店门口，向四周望。

他说，“早安，请原谅我，你们有谁想找一个做面包的活吗？现如今人们吃得太多，我需要一个助手。”

“这是乐纳丹想干的活，”哈士贝说，“他是一个特别喜欢吃糕点和面包的人。”

乐纳丹觉得非常高兴，他几乎不敢相信自己的耳朵。“我真的可以成为一个面包师吗？”他问。

面包师说：“如果你愿意的话。”

“我一直都想当一名面包师。”他说。

面包师说：“我会给你高工资，而且，你喜欢吃多少面包就吃多少面包。”

乐纳丹感叹道：“啊，面包师先生！我能马上开始干活吗？”

面包师说：“当然能。”

“啊，我先向警长报告一下，”乐纳丹说，“听到这个消息他一定会高兴的。”

面包师说：“代我问候他。”

他马上向巴士贤报告这个好消息。

警察说：“好，这很好！”

乐纳丹说：“是的，无论什么时候，你和巴士贤太太过生日，你们一定能得到一块大蛋糕，上面会写着：‘面包师乐纳丹敬贺’。绝不会失误的。”

“我们会很欣赏你的美意的！”巴士贤太太说。

“唔，现在乐纳丹成了面包师，贾斯佩成了消防员，那我该怎么办呢？”哈士贝说。

巴士贤问，“你喜欢干什么？”

哈士贝说："我不大好说。"

"说吧，或许我能想想办法。"巴士贤说。

"要说出我喜爱的事，那其实也很容易。"哈士贝说。

贾斯佩说："那么就说吧！"

"我一直都想当一个马戏团的领班。"哈士贝说。

"当个马戏团领班是再好不过的事啦，"巴士贤说，"像豆蔻镇这样的地方，早就应该有一个马戏团了。"

贾斯佩说："我也觉得应该有。"他想帮哈士贝一下。

哈士贝说："我已经有一头狮子了，它会成为马戏班有用的一员，它是那么友善、温和。"

"我们在晚上也可以来帮你们。"贾斯佩说。

"我们可以当马戏团的乐师，演奏我们的《进行曲》。我们也可以把它改成《马戏团进行曲》。"

"我们一定得有个马戏团！"巴士贤说。他一直是一个说话算数的人。

这样的话，所有事情都得到了圆满的结果——对豆蔻镇和这三名强盗也一样。现在镇上有了一位穿着整齐的制服的消防员，一个拥有乐师和狮子的马戏团，面包店里的食物也非常充足，因为乐纳丹成了面包师的助手。

一段时间后，贾斯佩结婚了。我不会告诉你，他的爱人是谁。你可以猜猜——不过这是一位大姐，一位喜欢把一切东西布置得有条有理、干净的大姐！

豆蔻镇的生活按照它愉快的方式继续进行着。香肠店主供应香肠和牛排；杂货店老板，像平常一样，什么货都进点儿；理发师为人们修理面容，还吹着单簧管。高塔上，老杜比雅继续观察天气。多米、莱莫、小贾莱娅和波尼的日子都过得很不错，民警巴士贤、苏菲姑姑的日子也过得很不错。晚上每个人都可以安安稳稳地睡觉，因为，豆蔻镇现在已经没有强盗了！

烛芯汤姆

（挪威）童话·民间故事

灰小子和玻璃山

从前有个人，在高高的山坡上他有一大片牧草地。草地上盖了一个贮备干草的仓库。

可近一两年来仓库里却没有贮存多少干草。因为当牧草长得最茂盛最碧绿时，一过圣约翰之夜，第二天天亮后整片草地都被啃得露出地皮，好像有一大群羊在一夜之间把草全吃光了。

终于草地的主人丢草丢得不耐烦了。他对三个儿子（最小的儿子的绰号叫做灰小子）说，圣约翰之夜，他们三个人中的一个必须睡在仓库守草地——今年的牧草绝不能像前两年那样连根带叶被啃光。无论谁来守夜，都必须得站好岗，提高警惕。这就是他们爸爸的命令。

到老大去守草地了。看他能不能看好牧草！天一黑下来，他就钻进仓库里去睡觉了。过了一会儿，传来一阵响声，发生地震了，仓库的屋顶和墙壁呻吟着，吱吱嘎嘎地作响，摇晃着。老大急忙跳起来，拔腿就跑了。他拼命地跑呀，不敢向后看一眼，一口气就跑回了家。牧草呢——哎，别提了——又像往年一样被啃光了。

下一个圣约翰之夜来了。草地的主人强调，不允许再丢草了。三个儿子中的一个不仅要去守夜，而且还要看好牧草。

到二儿子去碰运气了。他像哥哥一样睡在仓库里面。半夜，忽然传出了嘚嘚嘚的响声，山摇地动，比上一个圣约翰之夜厉害很多。小伙子听到，吓得拔腿就跑，好像他在和谁进行百米赛跑似的。

下一年到灰小子守仓库了。准备出发时，两个哥哥大笑起来，拿他寻开心：

“你呀，你才是真正的看牧草的好材料呢！你一辈子什么都不会干，就只会坐在灰烬里，守着火来烤！”

灰小子一点也不在乎他们的风凉话。天黑时，他一步步爬上了山坡，走到了草地里，看到没有动静，他便走进仓库躺了下来。过了大约一个小时，仓库开始吱吱嘎嘎地作响了，听起来很可怕。

“好。只要不比这情形糟糕，我就能顶住。”他自言自语说。

过了一会儿，又传来吱吱嘎嘎的声音，整个大地摇晃起来，仓库里的碎草片绕在小伙子的耳朵旁飞舞着。

“哼，只要不比这情况糟糕，我敢说我能顶住。”灰小子自言自语着。

这时，轰隆隆的一阵巨响，大地摇了第三次，小伙子觉得屋顶和墙壁都快塌在他的头上了。但，这一切都过去了。霎时，他四周像死了一样寂静。

灰小子想，要是再这么来一下，我就彻底完了。但没有了，再没出现任何地震，一切都很宁静。

灰小子躺了一小会儿，突然听见门外似乎有马吃青草的声音。他悄悄走到门前，透过门缝一看，啊，原来真有一匹骏马在吃草，马长得膘肥体壮，灰小子从来没见过。马旁的草地上放着一副马勒和马鞍，还有一套骑士的铠甲，全都是黄铜的，发出耀眼的光芒。

小伙子自言自语地说，“哈，哈！原来是你啊，是你吃光了我们家的草吗？马上就不会让你得逞了。看，我管不住你才怪呢！”

他从火绒盒里取出平时生火打火星用的火绒，朝马扔去。马没有力量逃脱了，变得十分地驯服，小伙子让它怎样就怎样。他骑上了马背，将马赶到一个所有人都不知道的地方，然后把马留在了那里就走了。

灰小子一回到家，两个哥哥就前俯后仰地大笑了起来，他们问他做得怎么样。

灰小子说，“哼，我能说的是：我躺在仓库里一直睡到太阳出来，既没有看见什么也没有听见什么。我真想不出仓库里什么东西会把你们俩吓成那个样子。”

两位哥哥说，“说得好听，我们很快就能看到你是如何守牧草地的了。”

说完他俩就到牧草地去了，只见那里的牧草跟前一天长得一样茂密青葱。

再下一个圣约翰之夜还是这样，两位哥哥都不敢去偏远的草地里守牧草。但灰小子有胆去。像上次那样恐怖的情况又发生了。起先是嗬嗬嗬地响，发生一次地震；然后又轰轰轰地作响，发生第二次地震；再后来又发生第三次。只不过是今年的地震比上一年厉害很多。

然后，一切像死一样寂静。小伙子听见仓库外有吃草的动静。他悄悄走到门前，从门缝向外看。你猜他看见了什么？嗨！又有一匹马正大口使劲嚼草呢！这匹马比去年的那匹英俊强壮得多，马背上还有好看的马鞍，脖子上还套有马勒。马旁搁着一套骑士铠甲，全都是银子做的，银光闪闪的，像梦中你想看到的那样光彩夺目。

灰小子自言自语地说，“哈，哈！是你在偷偷吃我家的青草，对不对？看看我怎么对付你。”他拿出火绒盒里的火绒，向马的头上扔过去，马立刻变得像小羊羔一样驯服了。这时候，小伙子骑上了马，又把马赶到了上次藏马的地方，然后就回家了。

“我猜你又要说牧草是个好收成，是吗？”一位哥哥问。

灰小子说，“对啊，是个好收成！”两位哥哥马不停蹄地跑到草地看，青草果然和去年一样茂盛。但是，两位哥哥都不愿意说一句好话。

第三个圣约翰之夜来了，两个哥哥还是不敢到仓库守夜看牧草，他俩早已经被吓破胆了。

灰小子毫无畏惧地又去了。同前两次一样：一个接着一个，一共发生三次地震，不但一次比一次厉害。最后一次地震中，小伙子从墙的一边被抛到了另一边。然后，突然四周像死一般寂静。

灰小子躺了一会儿，就听见仓库外有唰唰的吃草声。他又轻轻地溜到门前，从门缝向外望。呵，这匹马可要比前两匹强壮英俊多了，马背上放着个马鞍，脖子上也带着马勒。马旁放着一套骑士的铠甲，全都是金子做的，金光灿灿的，比你见过的所有东西都光彩夺目。

小伙子自言自语地说，“哈，哈！是你偷吃了我们家的牧草，对不对？看看我怎样对付你。”他拿出火绒，往马的脖子上扔过去，转眼间，马像被钉在地上似的站着不动了。马变得俯首贴耳，让它做什么就做什么。灰小子骑上了马，把它赶到前两次藏马的地方。

灰小子刚到家，两位哥哥就又像以前一样拿他寻开心。他们说能看得出来他看牧草看得很好，因为他看着像在梦中夜游一样。他俩还说了很多风凉话，可是灰小子丝毫也不在意。他只要请他们亲眼去看看就行了。两位哥哥跑到地里一看，牧草真的像前两年一样茂密，可爱青葱。

你一定知道这里的国王有一个很漂亮的公主吧，谁能骑着马登上玻璃山，国王就会把公主嫁给谁。玻璃山高高耸立在王宫附近，里里外外全都是玻璃的，像冰似的光滑。山顶坐着那位美丽的公主。她的膝盖上面放着三个金苹果，谁能骑上去，拿走那三个苹果，他就能娶公主，并能得到一半的国土。

国王把圣旨贴在了全国所有教堂的大门上，并派人通知其他的王国。

公主可真漂亮啊！不管你信还是不信，只要看一眼她，定会爱上她。不用说你就知道，所有的骑士们和王子看到国王的通知后，是多么的渴望得到半个国土和公主。他们都骑着高头大马，穿上威风凛凛的铠甲，从世界各地奔来。他们中的每个人都确信：只有自己能赢得公主。

国王选的日期到了。玻璃山下跃跃欲试的王子和骑士们让人看了就头昏目眩。全国各地只要能走动的人都赶来看热闹，大家都很想知道，到底谁能娶到公主。

灰小子的两个哥哥也和大家一样出发了。可灰小子呢，他的哥哥们警告他不准和他们一起去。他身上沾满了筛煤渣时扬起的火灰和替他俩擦皮鞋时留下的污迹。如果乡亲们看到他们和这么脏的东西在一起，一定会笑话他俩。

灰小子说，“好吧，这对我来说一样。我可以自己去，失败或成功全靠我自己。”

两个哥哥赶到玻璃山时，王子和骑士们正拼命地向山上爬呢。他们爬得把马都累得浑身汗淋淋的，一步也上不去了。马还没迈出步子就跐溜一下滑了下来，没有人能爬到一匹马那么高的高度。这也难怪啊，因为这座山不但像玻璃板一样光滑，而且还像墙壁一样陡峭。

但大家都想得到半个国土和公主，于是他们骑上，又滑下，再骑上，又再滑下……这样不知反复了多少次。到最后所有的马都累得连蹄子都抬不动了，汗水滴滴答答地往下流。王子和骑士们才只好罢休。

国王想宣布明天再比赛，看谁运气好能获胜。这时，突然来了位骑士。只见他骑着一匹人们一生从未见过的马，身披铜铠甲，骏马套着铜口衔，像太阳似的射出一道道金光。

所有人都对他大喊，劝他不要费劲了，这山是绝对爬不上了。他也不听，骑马朝山上爬，毫不费力地就爬了三分之一。他爬了三分之一处时，他就突然掉转马头跑下了山。山顶的公主从来都没看过这么威武的骑士。骑士策马上山时她悄悄对自己说：

“他要是能爬上来，从山的那边下去该有多好啊！”

她看见骑士转了回去，立即拿起了一只苹果向他投去，苹果滚在他后面，一直滚到了他的鞋子里。骑士一到山底，就飞也似地跑走了，没人知道他的去向。

那天晚上，国王命令所有的骑士们和王子都来见他，看谁骑上山拿到公主投下的金苹果了。一个人接一个人都来了，可没人能拿出金苹果。

晚上灰小子的两个哥哥回到家里，津津有味讲这次登山比赛。

“开始，没人能爬一步远。可是，到后来，来了位骑士，他穿着铜铠甲，他的马也披着铜马勒和铜马鞍——发出跟太阳一样明亮的光芒，里外都能看见。这才真是骑马上玻璃山的勇士！可是，他才爬了三分之一，就转身下山了。他可以轻而易举骑到山顶上去的，或许他认为一次骑这么高就足够了。”

坐在火旁的灰小子说，“我很想见见他！”

两个哥哥一齐惊叫起来，“哦，你想？整天都坐在火灰里，你太适合和那样的贵族老爷做伴了！”

第二天早上，两位哥哥又出发去看比赛了。灰小子求他们带着他一起去看爬玻璃山比赛。但，他们说不可以，无论如何他们也不能带他去看。

灰小子说，“好吧，我要是去的话，一定自己去。我一点儿也不会害怕。”

第二天，两个哥哥到达玻璃山时，骑士们和王子又已经开始爬山了。

这次他们把马蹄掌特意打得尖尖的，可依然没有用——骑上，又滑下，滑下，又骑上，和前一天一模一样，没人能爬到一匹马那么高的高度。很快地马们都疲倦了，已经累得迈不出腿，这些骑士王子们只好认输了。

国王正打算要宣布最后一场比赛明天举行，再给他们一次机会时，突然想起了昨天那位铜骑士。他可以再稍微等一下，也许那位铜骑士今天还会来。

这时，一位骑士好像从天外飞来。他骑的马比上次铜骑士骑的还要漂亮勇猛得多。这骑士身披银铠甲，他的马也带着银马勒和马鞍，银光闪闪，像阳光似的照亮了四方。

大家一起向他呼喊，劝他停下，不要再爬山了，骑不上玻璃山。可，骑士不听，他策马径直向山顶骑去。当他爬到三分之二高时，他就调转马头，下来了。

说实话，比起铜骑士，公主更加喜欢他呢。她坐在玻璃山顶上，希望他能骑到山顶，从山那边下去。当她看见银骑士返回去时，又迅速扔下第二只金苹果。金苹果在银骑士后面骨骨碌碌滚进了他的鞋里。银骑士刚下山，就跑得无踪无影了，没人知道他的去向。

当天晚上，国王和公主又请了所有的骑士王子们到他们面前，看谁手里有金苹果。一个一个王子骑士们都来了，可是谁也拿不出金苹果。

两个哥哥回到家里，讲起今天的比赛，讲王子和骑士们是怎么拼命爬山的，又是一个人也爬不上去。

他们说，“但是，到最后，来了位穿着银铠甲的骑士，他的马也带着银马勒和银马鞍。这才是真正爬山的勇士呢！他一口气就爬了三分之二，然后就掉转马头下山了。多好的一名骑士啊！公主又把第二个金苹果扔给了他。”

灰小子说，“噢，太好了！我很想见见他！”

两个哥哥说，“想得倒美！你大概认为自己的煤铠甲和你每天烧的煤一样亮吧。”

第三天，情况同前两天一样。灰小子求他们一起去看爬玻璃山，两个哥哥怎么也不答应。

两个哥哥到达玻璃山时，发现没有一个王子和骑士能爬上一匹马那么高的高度。大家都等着银骑士来。但是，他们既没见到他，也没听到关于他的消息。不管怎样，最后来了一位骑士，他的马是天下独一无二的。只见那骑士身披着金铠甲，他的马也带着金马勒和金马鞍，金光灿烂的，里外都能看到射出的光芒。所有的王子和骑士都没顾上劝阻金骑士登山，因为他们早就被他和他的马惊得目瞪口呆。

金骑士来到玻璃山前，像一阵风似的骑上了山。公主还没来得及希望他爬上来呢，他就已经到达了山顶。他从公主的膝盖上拿走第三只金苹果，然后就掉转马头，下山了。他跑得如此之快，像闪电似的消失了。

那天晚上，两个哥哥回到家，你猜他们会有多长的故事要讲，他们谈起金骑士来就没完没了。

"那才是真正上玻璃山的勇士呢！"他俩指手划脚地说，"这辽阔的世界里再也找不出第二个这如此威风的骑士了。"

灰小子说，"哦，我真的想见见他！"

两个哥哥取笑他说，"啊，他的金铠甲可要比你每天捅的煤炭亮得多。"

第二天国王和公主请所有的王子和骑士们来他们面前，看究竟是谁能拿了金苹果。先是骑士后是王子，一个个都来了，可是他们没人拿出金苹果来。

"嗯，一定有人有金苹果，因为我们亲眼看见有一个人骑上山，拿着金苹果走了。"国王说。接着他命令全国各地的人都进宫，看到底谁有金苹果。

人们川流不息地都来了，可是没人能拿出金苹果。

灰小子的两个哥哥是最后才来的，国王问他俩是否还有什么人没进宫来。

"有，我们的弟弟。不过他不会拿走金苹果！这三天他守在火灰里都没出来过。"两个哥哥说。

国王说，"没关系，他照样可以和别人一样进宫。"

灰小子只好进了宫殿。

"怎样，你有没有金苹果？快说！"国王问。

灰小子回答说，"有，这个是第一个，这个是第二个，这个是第三个。”

说着，把三只金苹果从衣袋里面掏出来。这时，他把沾满煤灰的破衣裳甩掉，身披着金铠甲站在国王和公主面前。

国王高兴地宣布，“好极啦！既然你骑上了玻璃山，我的半个国土和我的女儿就都属于你啦。这是你自己赢来的。”

人们都忙着准备婚礼。你想想结婚宴会上会有多么热闹吧。尽管他们没爬上玻璃山，可他们的心里也很快活。如果他们现在还没离开宴会的话——这会儿他们准还在那里尽情作乐呢。

海水为什么是咸的

从前，是很久很久以前——有俩兄弟。哥哥很富有，而弟弟很穷。

圣诞节前夕，穷弟弟家里没肉，也没有面包，连个面包屑也没有。于是，他到哥哥家去要点儿东西过圣诞节。穷弟弟向富哥哥求援了不止一次，而富哥哥又是一个吝啬的人，自然不欢迎穷弟弟了。

富哥哥说：“你如果这次走后不再登我家的门，我就送你一整块熏猪肉。”

穷弟弟十分感激地同意了。

富哥哥说，“好吧，就是这块熏猪肉，带着它，滚回你的饥饿国里吧。”

穷弟弟带着熏肉走了。

他走了一天，黄昏时刻来到一个地方，他看到那里灯光很明亮。

“这大概就是我要到的地方。”说着转身到了路旁。他碰到的第一个人是一个很老的老头，长着长长的白胡须，正在为圣诞之火劈柴呢。

拿熏肉的弟弟向老人打招呼，“晚上好。”

“晚上好。天这么晚了，你去哪里呀?”老人问。

“哦，我正要去饥饿国，路没错吧?”

“嗯，不错，这里就是。”老人说。

“你走进屋去，那里的每个人都会争抢着买你的熏猪肉。因为这里的肉太少了。不过注意，等他们用门后的小手磨和你交换时，你才能同意。等你从屋里出来后，我就教你怎样使用小手磨。这样无论你想要什么，都可以磨出来了。”

穷弟弟谢了老人的指点。他走到门前，用力地敲了几下。

他走进屋，果然如老人说的一样，黑压压的一群人像蚁蚊穴里的蚂蚁一样把他围住，出高价争着要买熏猪肉。

“好吧。穷弟弟说，我和我妻子应该在圣诞节的中午分享这块熏肉。不过，既然你们大家一心想买，那你们必须拿门后的小手磨来交换才行。”

刚开始，满屋的人也不愿听这个意见，他们七嘴八舌跟穷弟弟讨价还价。穷弟弟坚持不肯让步，最后他们只好把小手磨与穷弟弟交换了。

穷弟弟把小手磨搬到了院子里，向劈柴的老人请教如何使用它。穷弟弟一看完老人怎样使用小手磨，抱起磨拔腿就往家跑。可是，他跑到家门口时，圣诞节之夜的大钟已敲过十二下了。

“你是到哪里去了？”他的妻子埋怨着问，“我坐在这儿盼啊等啊，眼看着一个小时又一个小时都过去了，可我们家里都已经穷得连烧碗圣诞节汤的两根柴棍儿都没有。”

穷弟弟说，“别埋怨了！我不能早点儿赶回来是因为我走了很远的路——干完一件事就还有一件事。现在你就会看到你想要的东西啦！”

他小心翼翼地把小手磨放在桌子上。首先，它命令小手磨磨出灯火来，然后他又要了一张台布，然后又要了肉，要酒……一直要到欢渡圣诞节的一切东西都应有尽有了。他只需说一句话，要什么，小手磨就会磨出什么。他的妻子高兴地站在旁边一边谢天谢地，一边不停追问他丈夫，是从哪里得到这个神奇的手磨。可，无论她有多想知道，他都一直不告诉她。

“从哪里得到都一样。只要能磨出东西的就是好磨，还有什么要问的呢？”

穷弟弟让小手磨磨出了很多的酒、肉和糖块，已足够吃到主显节了。圣诞节过后的第三天，穷弟弟请他所有的亲戚和朋友们到他家，举行了一个丰盛的夜晚宴会。

富哥哥一走进门，看见穷弟弟家桌上摆的和储藏室里放的食物，恨得咬牙切齿。他无法容忍弟弟变富，他像个疯子似的喊叫起来："圣诞节前我弟弟还是个不折不扣的穷光蛋，特地跑来找我讨口饭吃的！他现在却能举行如此盛大的宴会，好像他是公爵或国王似的！"

富哥哥厉声厉气地质问着弟弟："你是从哪儿弄到这些财富的？"

"从门的后边。"小手磨的主人回答道。他不想把秘密告诉别人。可那天晚上，他实在太高兴了，他竟不由自主地把小手磨拿了出来，对哥哥说，"看，这就是给我带来财富的宝贝。"然后，他令小手磨磨出了各种东西。

富哥哥看见小手磨，便决心把它弄到手。他用尽了甜言蜜语，总算达到目的。但他得付三百块钱，而且得等到晒草的季节才能把它拿走呢。弟弟想：等到那个时候，他磨出的酒啊肉啊，足够吃喝好多年了。

你们或许知道小手磨经常没事干也不生锈。

晒草的季节到了，富哥哥总算得到了小手磨。可他的弟弟却故意不教他如何使用小手磨。

富哥哥把小手磨带回家时，天已经黑了。第二天早上，他吩咐妻子到地里抖草，他却自己留在家做午饭。

吃午饭的时间到了，他把小手磨拿到厨房的桌子上，命令道："肉汤和磨鲱鱼，磨得又好又快！"

小手磨立即就磨出了很多的肉汤和鲱鱼。很快肉汤和鲱鱼盛满了所有的大盆和每一只碗碟，流了厨房满满一地。

富哥哥发疯似的抱着小手磨扭呀转呀，想让它停下来。可无论他怎么摆弄，小手磨依旧不停地磨！

不一会儿，肉汤深到快要淹死人了。富哥哥真的是好不容易才推开厨房门，窜到了客厅里。可是，不久后客厅里也盛满了鲱鱼和肉汤。富哥哥真的是顾不得危险，终于在肉汤的大海里摸到了门。

他想办法打开门，冲了出去，沿着山路飞跑。肉汤和鲱鱼组成的滚滚洪流紧追着他的脚后跟，像覆盖着整个农场的大瀑布似的轰隆轰隆地狂吼着。

这时，还在地里抖草的妻子想：离午饭怎么还有那么长时间呢。她对帮工们说：

“喂，虽然主人还没叫我们回家，但我们还是回家去看看吧。也许对他来说做肉汤不是容易的事，他会欢迎我们帮忙的。”

帮工们是非常的乐意。可是，当他们刚上山几步，你猜他们碰到什么了？碰到了咆哮奔腾的鲱鱼肉汤。

主人正跑在前面逃命。当他跑过这些帮工时，他喊了一声：

“你们谁有一百张大嘴就拼命地喝吧！可一定要小心不要淹死在肉汤里！”

富哥哥拼命地跑着，飞快地跑到了他弟弟的家里。他苦苦哀求，求弟弟立刻收回他的小手磨。

“如果小手磨再磨一个小时，整个教区都会被肉汤和鲱鱼吞没了。”

但，弟弟说什么也不愿意把小手磨收回来让它停下来。到了最后，富哥哥不得不再给他三百元钱。

现在，穷弟弟既有钱又有小手磨。

不久后，他盖起了一座比哥哥的还要好的房子。他用小手磨磨出了很多金子，索性就用金子把房屋覆盖起来。

穷弟弟的房子正好在海边，海上的轮船从老远就能看到它闪着耀眼的金光。航海路过此地的人，都要到岸上来，看一眼金房子里的主人，看一眼他那神奇的小手磨。这件事越传越远，最后所有人都听说过了。

有一天，有一位商船的船长专程来看小手磨，他进来第一句话就问它能不能磨盐。

小手磨的主人说，“磨盐！我想可以。它什么都能磨。”

船长听完这句话，不管需要花多少钱，他都要把小手磨买下来。假若他有了小手磨，他就再也不用在波涛汹涌的大海去很远的地方运送海盐了。

跟小手磨分手?！这句话穷弟弟连听都不愿听。可他经不住船长的苦苦哀求，终于他把磨卖给他了。当然，船长也付了很多的钱。

船长把磨扛到了背上，立即就跑掉了。他害怕穷弟弟改变主意，结果慌得连怎么使用小手磨也没有问。他飞快地跑上商船，马上就起航出海了。等船航行了很远一段路程后，船长把小手磨拿到了甲板上，说：

“请磨盐吧，越快越好，越多越好。”

这下可好啦，盐像喷泉似的从小磨里涌了出来。

装满船舱后，船长希望小手磨能停下来。可任凭他右转左转，怎么摆弄都不行。小手磨不停地磨，盐越堆越高，到最后把船都压沉了，小手磨落到海底。

小手磨现在仍在海底，日夜不停地磨盐。这就是为什么海水是咸的。

三只名叫格拉夫的公山羊

从前，有三只公山羊。他们要到山坡上吃青草，好长得白胖胖的。他们三个都叫格拉夫。

路上他们得经过一条小溪，溪上面架着一座独木桥，桥下面住着一个叫特罗尔的丑八怪。特罗尔的眼睛大得就像个盘子，鼻子长得就像根拨火棍。

先上桥的是最小的小公山羊格拉夫。

山羊上了桥。叮咚！叮咚！

“是谁——咚！—咚地—在过—我—的—桥—呀？”特罗尔吼叫了起来。

“是我，咩——，最小的小山羊格拉夫，我要到山坡那里吃得白白胖胖的。”小山羊说——他的声音又小又细！

“我—要—上—去—吃—掉—你！

特罗尔说。

“请不要这样，你不要吃掉我，我太小了，”小公羊说，“请等一下，第二只公山羊要来了，他比我大多了。”

“好吧，先放—你—过去。”特罗尔说。

不一会儿，第二只公山羊格拉夫就要来过桥。

他上了桥。叮咚！叮咚！叮咚！

“是谁——咚！—咚！—咚地在过我的桥呀？”特罗尔大吼起来。

“咩——，是第二只公山羊格拉夫，我要到山坡那里吃得白胖胖的。”

公羊说。他的嗓门不算小。

“我—要—上—去—吃—掉—你！”特罗尔说。

“请不要吃掉我。等一下大公羊格拉夫要来了，他比我大多了。”

正在这时，大公羊格拉夫来了。

他上了桥。叮咚！叮咚！叮咚！叮咚！

这只公山羊可真重啊，脚底下的独木桥被它压得咯吱咯吱地叫唤着。

“是谁——嗵！—嗵地—在过—我—的—桥—呀？”特罗尔大吼一声。

大公山羊说：“是我！大公山羊格拉夫啊。”他的嗓门又难听又沙哑。

“现—在—我—就—要—吃—掉—你！”特罗尔对大公山羊格拉夫凶恶地说。

“好，请过来，来吧！”

我有锋利的矛可以用它来扎你，
把你的眼珠子往耳朵上挑；
我身上还有两个巨大的石滚，
把你的骨头碾成粉！

说完，就猛地扑向了特罗尔，用双角把他的眼珠挑了出来；又用身体把他压了个粉碎，接着又一骨碌把他滚到了小溪里面。然后他就走到了山坡上。三只公山羊在那儿吃着，胖得都要走不回家了。若不是他们的脂肪消耗了一点儿的话——嘿，没准现在他们还是胖滚滚的呢！

咬啊嚼呀啃哪，
故事已经讲完啦。

烛芯汤姆

从前有位国王，他有个漂亮的女儿。她的美貌在全国都是数一数二的，但是她却每天痛苦地板着脸，从来都不笑一笑，而且她很骄傲，用一个“不”字赶走了所有前来求婚的人。公爵、王子全一样，无论他们多么高贵，她是一个也看不上眼。

国王对女儿早就有些不耐烦了。他觉得女大当嫁，女儿应该同世界上其他女人一样结婚，更何况公主的年龄已经不小了，而且她也不能变得比现在更加富有了。那，等下去还有什么好处呢?

于是，国王下令说，只要能把他的女儿逗笑无论是谁，他就将女儿嫁给他，并且给他一半的国土。不过如果没法使公主笑的话，就将挨一顿痛打。

这下，王国里不知有多少人的背都疼得挺不起来，弯不下去了，因为他们都挨了打。四面八方的求婚者都以为，逗国王的女儿发笑没有什么可难的。

可是不管他们怎么要鬼把戏，出洋相，公主还是像往常一样坐在那里板着脸。

王宫的旁边住着一位老汉，他生了三个儿子。他们也听人们说了国王答应把女儿嫁给可以逗她发笑的人并送他半个国土。

先是大儿子去碰运气。他大步走到王宫里，告诉国王，他能使公主笑。

“小伙子，很好，”国王笑着对他说，“不过我觉得你是不会有好结果。不知有多少人来这里试过，全失败了，我的女儿真是太悲伤了。”

可小伙子坚持要试试，他想逗公主发笑能有什么难呢！他当兵学操练时候的怪样子就令许多人哈哈大笑。

他穿过庭院，来到公主的窗户前，开始学操练。但一点儿用也没有。公主像平常一样板着脸，没有一丝微笑。因此卫兵们把他押了下去，痛打一顿，送回了家。

大哥还没有到家，二哥就又出发了。他是位教师，一个很滑稽的人。他的一条腿长，而另一条腿短，一直都站不平稳，一会儿矮得像个小孩子，一会儿，他又立在长腿上，高得像个巨人。除了这些可笑的举动，他还有一副洪钟般的大嗓门。

他来到国王的宫殿里时，要求逗公主发笑，国王看见他滑稽的样子，认为他有点儿可能性。

国王说，“就让上帝助你一臂之力吧，如果你不能惹公主发笑的话，那你可就受苦了。我们可是一次比一次打得厉害呢。”

教师走到公主的窗户下，放开喉咙开始讲演，他的声音比七个人的加在一起的声音还要响。国王前俯后仰地哈哈大笑了起来，为了站稳他不得不抓紧走廊上的栏杆。公主想要笑，可还没有笑上嘴角，马上她又像以前那样板起脸来。看来教师也不比士兵强多少啊。卫兵们把他拉了下去，痛打了一顿，然后又送回家了。

现在该看弟弟了，他叫烛芯汤姆。他正要出发时，两个哥哥一边笑一边嘲弄他，还把被打伤的脊梁背指给他看。爸爸也不愿意他去，说他去了也没用。难道他不是一个什么都不懂什么都不会干的孩子吗？他整天像只猫似的坐在烟囱的角落里，在火灰里刨呀扒呀，只会劈开冷杉球做烛芯。所以大家叫他"烛芯汤姆"。但是烛芯汤姆毫不泄气，家里人厌烦了他的央求，只好让他去。于是，他来到国王的宫殿，来碰运气了。

烛芯汤姆进了王官并没说他想逗公主笑，而是请求在宫里干活。王宫里的人说他们没有活儿能让他干，烛芯汤姆并没有泄气，他说他们一定需要一个替厨娘挑水运柴的人。国王想了想也有理，而且也被汤姆的固执弄得不耐烦了，就勉强答应了他。于是烛芯汤姆就留在了宫内给厨娘挑水运柴。

有一天，他到小溪边去打水，看见了一条大鱼。大鱼悠闲自在地待在靠岸的老树桩下，树桩下的泥早被溪水冲没了。汤姆轻轻地在鱼身上放了一个木桶，一下子把大鱼舀了出来。

在回王宫的路途上，汤姆碰到了一位老太婆，老太婆正用绳子牵着一只金鹅。

"老太太，你好，"烛芯汤姆很有礼貌地说，"你的鹅可真漂亮，看它的羽毛多么光亮呀！如果我有这样的羽毛，我就不用再劈冷杉球点灯了。"

老太太看到汤姆桶里的鱼也笑得合不上嘴。她说，如果汤姆给她这条鱼，她就把这只金鹅给他。这是一只非常神奇的鹅，无论谁碰金鹅一下，汤姆只需说句："如果你想要跟我们一起走，那就来吧。"他就牢牢地粘在金鹅身上，拔都拔不掉。

这真是太妙了！烛芯汤姆巴不得跟她换呢。

"一只鹅和一条鱼一样好，"他自言自语地说，"如果这只鹅真如你说的那样的话，我就能把它当作鱼钩来用了。”

还没走多远，他又碰见一位老太太。老太太一看到这只可爱的金鹅，就想用手摸一下。她求小伙子让她摸摸那只漂亮的金鹅。

烛芯汤姆高兴地说，“可以，但是您得小心，不要拔掉它的羽毛。”

老太太正摸金鹅时，汤姆说：“如果你想要跟我们一起走，那就来吧!”

老太太拼命地扯呀拉呀，可无论她愿不愿意都得跟金鹅和汤姆一起走，因为她的手拔不下来了。烛芯汤姆抱着鹅，只顾着往前走，就好像他一个人似的。

他刚往前走了一会儿，碰到了一位老汉。老汉曾经被那个老太太骗过，一见到她就火冒三丈。他现在看到老太太的手粘在鹅身上，便趁机踢了她一脚。

“如果你想要跟我们一起走的话，那就来吧!”汤姆抓住机会大喊了一声。不管他愿不愿意，老汉的脚粘在了老太太的背上，一条腿一瘸一拐地跟在他们后面。他拖着不想走，想要挣脱，可是越这样情况就越糟，差点儿摔了个仰面朝天。

他们就这样走了好一会儿，快要到王宫了。他们碰到了王宫里工作的铁匠，只见他手里拿着大火钳正向打铁铺走去。铁匠是个快乐的人，喜欢想歪点子开玩笑。

铁匠看到他们一行人一颠一跛一瘸一拐地来了，笑得都直不起腰了。过了半天才大喊起来：“这一定是送给公主的一群鹅。谁能看得出哪只是母鹅哪只是公鹅呢？咳，一摇一摆走在前的那只肯定是公鹅，鹅儿！鹅儿!”他一面喊着一面张开双手像是在给鹅群喂食呢。

鹅群没停下，一直向前走，老汉和老太太只能恶狠狠地瞪着拿他们寻开心的铁匠。

铁匠是矮胖的壮汉子。他想若能把这群“鹅”截住该有多好玩呀。于是他连忙用大火钳钳住后面那位老汉的上衣后摆，老汉挣扎着，铁匠笑得合不拢嘴。只听烛芯汤姆说，“如果你想要跟我们一起走，那就来吧。”

这下子铁匠也得跟着走了。他猫着腰，用脚使劲用力地抠着地，拼命地想挣脱，可一点儿用处也没有，他已经被牢牢地粘上了。无论他愿意还是不愿意，他都得同其他人一样蹦跳着前进。

他们来到国王的宫殿时，一只狗窜了出来，对他们大叫起来，好像他们是要饭花子或者一群豺狼。公主急忙从窗口里探出头，看看究竟是怎么回事。她看见下面那滑稽的一行人，一个人便悄悄笑了起来。但是，烛芯汤姆感到还不是很满意。他说："等会儿，她就会张开大嘴哈哈大笑了。"

他带着一行人朝宫殿的后院走去了。

他们走过厨房，厨房门正好开着，厨娘正在搅稀饭。她瞥见烛芯汤姆和他的一行人，赶忙跑到门口。她一只手拿着炊帚，另一个手还拿着满满一勺热气腾腾的粥。她笑啊笑啊，笑得脸都快要裂开了。她看见后面的铁匠时，又咯咯咯地笑了一阵。她笑够了之后，也觉得汤姆抱着的金鹅很可爱，要是能用手摸摸该多好呀。

她拿着饭勺子一边疯狂地追一边大声喊，"我可以摸摸你那只漂亮的金鹅吗？"

铁匠厚着脸皮说，"就让她摸我好啦！"

厨娘气坏了。

她大叫了起来，"你说什么？"扬起饭勺就向铁匠打去。

"如果你想要跟我们一起走，那就来吧！"烛芯汤姆说。

这下她也被牢牢地粘在了铁匠身上。任她蹦也好，踢也好，叫也好，骂也好，她也只能跟其他人一起一瘸一拐地往前走。

不久后他们来到了公主的窗下。公主站在那里等着看他们呢。她看见厨娘也被粘上了，而且手里还拿着饭勺和炊帚，便张开嘴哈哈笑个不停。她哈哈大笑了起来笑得那么厉害，国王不得不连忙扶住她。

最后烛芯汤姆得到了半个国土和公主。他们举办了盛大的结婚典礼，很快这件喜事传到了四面八方。

熊的尾巴为什么只有一丁点儿

有一天，狐狸鬼鬼祟祟地拖着偷来的一串鱼往回走，它碰到了一只熊。

“嘿，你这串鱼真不错，哪里来的?”熊十分好奇地问狐狸。

“啊，亲爱的熊老爷，我去河边钓鱼了，这全都是我自己钓来的!”狐狸对熊撒了谎。

熊很喜欢鱼，便想学习钓鱼。

他让狐狸告诉他如何钓。

狐狸回答说，“嗯，容易极了，你很快就能学会。只要到封冻的河上，在冰面上凿一个洞，把你的整个尾巴伸进洞里。你就那个样一直待着，坚持的时间越长越好。如果你的尾巴像针尖扎得似的疼，不要在意，因为那是鱼咬的；有时，它们咬得还真是有点厉害呢。待在水里的时间越久你钓的鱼就会越多。最后你使劲，拿出吃奶的劲，猛地一下将尾巴拔出来。”

熊真的照狐狸说的话去做了。他先在冰上凿了一个大洞，坐在洞口，把它尾巴伸进冰洞里呆呆的在那里等了很长的时间。他的尾巴越疼，他就感到自己钓的鱼越多。

当熊感觉自己已经钓得差不多的时候，它的尾巴已经被牢牢地冻在冰里了。它右扯左拉，向上猛地一使劲，只听见“叭”地一声，尾巴断了。

这就可以解释为什么直至今日熊的尾巴只有那么一点儿了。

小伙子和北风

在很久很久以前有位老太婆，她老伴死了，只剩下一个儿子和她相依为命。她又弱又老，病得快要不能动了。一天她让儿子到储藏室里取点儿粮食熬粥。小伙子刚一出储藏室正准备下台阶时，就碰上了北风。北风一吹，就将熬粥的粮食都卷到了空中，转眼间不见了。

小伙子回到储藏室又取了一些粮食。可是，当他一走上台阶，呼呼的北风一吹，又把粮食吹走了。

这还不算什么——北风就这样一口气干了三次。

这下可把小伙子惹怒了，北风这样做未免太无礼了。他决心找北风算账，让北风偿还抢走的粮食。

小伙子上路了。可真远啊！他走啊走啊，终于到了北风的家。

小伙子说，“你好！感谢你昨天的光临。”

北风回答说，“你好！”他的嗓门又沙哑又大，“非常感谢你愿意来看我。你—想—要—什—么—啊？”

小伙子回答说，“啊，我只是希望你还给我你抢走的粮食。我家没有多少粮食的，如果你这样下去把我们唯一的一点儿口粮全抢走的话，我和我可怜的老母亲就能等着饿死了。”

“我这儿没有你们的粮食，”北风耐心地说，“不过既然你们这么贫穷，我就给你一块要啥就有啥的桌布。只要你说一句：‘桌布，桌布，铺开吧。’桌布上就会出现各种美味佳肴。”

小伙子听了高兴，他收下了桌布，满足地往回走。可路途太远了，他一天也赶不回家。

于是，他就走进了路边的一家旅店。到吃晚饭的时候，他把神奇的桌布从墙角拿了出来，放到了桌子上，说：

“桌布，桌布，铺开吧，美味佳肴全出来吧。”

他的话音还未落，桌布上面就摆满了各种好吃的饭菜，旁边人看了都很羡慕他。不过数地主最嫉妒了。

夜里大家都在酣睡时，地主悄悄地爬了起来，偷走了小伙子的桌布，给他换了一块一样的普通的平常用桌布。用这个桌布，连干面包屑也变不出来。

到了第二天早上，小伙子一睁开眼，就拿起桌布走了。他一口气跑到家里，高兴地对母亲说：

“妈妈，我到北风家去了。我觉得他人还挺不错的。看，他把这块桌布给了我。只要对它说句，‘桌布，桌布，铺开吧！’桌布上就会摆满各种好吃的饭菜，你想吃什么就会有什么。”

老母亲慈祥地回答，“但愿这是真的，不过老话说的好百闻不如一见，只有亲眼看到我才敢相信呢。”

小伙子慌忙拉了张桌子，把桌布铺在了桌上，就说口令：

“桌布，桌布，铺开吧，美味佳肴全都出来！”

可桌布上连一点儿干面包屑也找不到！

小伙子气冲冲地说，“哼！没用的东西，我马上去找北风算帐!”说完，他便扭头走了。

傍晚的时候他到了北风家。

小伙子有礼貌地对北风说：“晚上好!”

北风也同样有礼貌地回答说：“晚上好!”

“我来是要你偿还我的粮食的，”小伙子对北风说，“你给的那块桌布，全都是骗人的，一文钱也不值。”

北风不解地说，“我这儿没有你的粮食，不过你可以把那儿的绵羊牵走，只要你说：‘绵羊，绵羊，造钱吧!’它就会给你许多金币!”

小伙子觉得这还不错，牵着绵羊满意地走了。可是离家太远了，他又不得不住进上次住过的那间小旅店。

晚饭之前，他决定试验一下，看看北风给的绵羊到底会不会造金币。

小伙子把绵羊拉进了屋里，说：“绵羊，绵羊，造钱吧!”绵羊叮叮当当地拉下了很多金币，小伙子的心里乐开了花。

躲着的地主看到了这一切，心想这只宝羊，我非要弄到手。小伙子睡熟后，他牵来一只不会造金币的羊来，那只羊与会造金币的羊长得一模一样，换了小伙子的第二件宝物。

第二天早晨，小伙子牵着那只不会造金币的羊回到母亲身边。他高兴地对母亲说：

“北风还是个好人，他这次给了我一只会造金币的绵羊，只要我说：‘绵羊，绵羊，造钱吧’就可以了。”

母亲慈祥地说，“但愿这次是真的，不过老话说的好眼见为实，我只有亲眼看到它造出金币来才会相信。”

“绵羊，绵羊！造钱吧!”小伙子喊着。可是他的绵羊一个小铜子也没拉出来。

小伙子又回到北风了那里。他十分气愤地指责北风不该给他一只不会造金币的绵羊，他坚持让北风偿还他的粮食。

北风说，“好吧，除了给你墙角里竖着的那根棍子，我什么也没有了。你把棍子拿去吧，只要你说，‘棍子，棍子，打吧!’它会不停地打，只有你说，‘棍子，棍子，停!’它就会停住。”

小伙子收下了棍子，谢谢北风，就朝家走。

因为路太远了，他又去那家小旅店里过夜。他现在有点猜出来他的桌布和绵羊是怎么回事了。他马上躺到床上，假装打起鼾来，像他已经睡熟了似的。

这一次，地主觉得小伙子的棍子是件不同寻常的宝贝，他找了一根和宝棍差不多的棍子，想再来次偷梁换柱。听到小伙子的鼾声时，他便溜进去换棍。当他正要去拿宝棍时，小伙子突然大声喊道：

“棍子，棍子！打吧！”

棍子把地主打得窜上爬下，围着桌子、凳子、椅子乱蹦乱跳。他一边像杀猪似的地嚎叫，一边苦苦地哀求：

“哎哟，我的妈呀！我的妈呀，哎哟！求求你别让棍子打了，我要被打死了。我把绵羊和桌布还给你，求你快叫棍子住手吧。”

小伙子觉得已经把地主揍得差不多了，他大声说：

“棍子，棍子！停！”

小伙子拿着自己的神奇的桌布，放进了口袋里，然后用一根绳子系在了羊角上。一只手牵着会造金币的绵羊，一只手拿着棍回家了。

就这样小伙子夺回了本该属于自己的一切。

臭靴子和特罗尔

从前有个穷人，他有三个儿子。他死了后，两个大儿子要到世面上去碰运气；但是他俩不愿意带小弟弟一起去。他们看不起他，全管他叫靴子，让他干最脏最累的活儿。

两位哥哥离家走了，他俩都在王宫里找了工作；一个是国王马车夫的助手，另一个是国王园丁的助手。臭靴子也出发了，还带着一个大和面盆。这只大木头和面盆是用来做面包的，也是父亲留给儿子唯一家产。两个大儿子都不愿意要。虽然有点儿沉，臭靴子也舍不得丢。

走了一会儿，臭靴子也到王宫里找活儿干。宫里人说他们不要人了，可经不起臭靴子的苦苦哀求，就把他留在厨房里，让他给厨娘运柴挑水。

臭靴子又麻利又勤快，很快就博得了每个人的喜欢。而他的两个哥哥手脚又慢又懒，挣的钱还没有挨打多。他俩看到臭靴子比自己干得好，就很忌妒他。

王宫对面有一个很大的湖，大湖的对面住着一个叫特罗尔的巨人。他有七只银鸭子，那七只银鸭子每天都在湖上游，在王宫里就可以看得见。国王很渴望能得到这些银鸭子。

有一天，两个哥哥故意对国王的马车夫说："只要愿意的话我们的弟弟，他能毫不费力地给国王逮到那七只银鸭子。"

没多会儿，马车夫便把这话告诉国王了。国王把臭靴子叫到面前，命令他："你的哥哥们说你能给我弄来那七只银鸭子。马上去把它们逮过来。"

"我敢保证，我从来也没有说过或想过这种事。"臭靴子回答。

"你必须把它们捉来。"国王坚持说。

小伙子说："好吧，我一定会去。给我一斗麦子，一斗燕麦，我想想该怎么办。"

他把麦子和燕麦带了回来，放进在从家里带来的大和面盆里。他自己也爬进了大盆里，朝湖的对面划去。划到对岸后，他开始顺着岸边撒粮食，把银鸭子哄进他的大和面盆里。然后他就以最快的速度往回划。

臭靴子划到湖心时，特罗尔从屋里出来了。正好看见。

特罗尔吼道："喂！你要把我的七只银鸭子带走吗?"

小伙子答应着："嗳，嗳!"

特罗尔问小伙子："你还会回来吗?"

小伙子回答："很有可能。"

臭靴子遵守了承诺把七只银鸭子献给了国王后，人们比以前更喜欢他了，连国王也非常高兴地夸奖他说："干得很好!"

臭靴子的两个哥哥越来越痛恨忌妒他了。他俩又对国王的马车夫说，他们的弟弟敢给国王偷来特罗尔的被子。那条漂亮的被子是用一块块银和一块块金拼成的。

马车夫这一次又把这话告诉了国王。国王对小伙子说，他的哥哥们说他聪明得能把特罗尔那银块块金块块拼成的被子偷来，命令他现在就去偷，不然，就砍下他的头。

臭靴子回答，他从来也没有说过或想过这种事。但他明白了他不去不行，于是，他便请求国王宽限他三天，让他想想办法。

一晃三天过去了，臭靴子又划着大和面盆去对岸侦察。他发现特罗尔的仆人走出了洞，给他晒被子。等仆人们一进洞，臭靴子急忙拽下被子，划起面盆就跑。

当他划到湖心时，特罗尔又出来了。他看见臭靴子，就大吼起来：

“喂！你偷走了我的那七只银鸭吧？”

小伙子回答道：“嗳，嗳！”

“现在，你又要拿走了我那用银块儿金块儿拼成的被子吗？”

小伙子回答道：“嗳，嗳！”

“你还会回来吗？”

小伙子回答道：“很有可能。”

臭靴子把那金银被子带回王宫后，大家比以前更加喜欢他了。他当了国王的侍从。

这下可把两个哥哥气坏了。他俩又去跟国王的马车夫说：“我们的弟弟说他可以把特罗尔的金竖琴给偷来呢。那个竖琴有魔力，无论谁，不管多么悲伤，只要一听到琴声就会高兴起来。”

马车夫又一次告诉了国王。国王对臭靴子说：“既然你说了，那就得去干。如果你成功了，就会得到公主和半个王国。如果失败了，就会丢掉性命。”

“我敢肯定我从来没有说过或想过这种事情，”臭靴子回答，“要是不干不行的话，我也只能试试了。我要有六天时间来好好想一想。”

“那好吧，就给你六天时间。但六天一过，你就得去干。”

到了第七天，臭靴子把一枚如指头粗细的铁钉，一截蜡烛，和一根圆木桩装进口袋里。他又坐着大面盆划到了湖对岸，然后在特罗尔的洞穴前走过来走过去，偷偷监视着他。特罗尔出来了，马上就发现臭靴子。

特罗尔吼了起来：“哈，哈！是你偷走了我的七只银鸭子？”

小伙子回答道：“嗳，嗳！”

特罗尔又问：“又是你拿走了我的金银块儿拼成的被子？”

小伙子回答道："嗳，嗳！"

特罗尔上前一把揪住了臭靴子，把他拉进了自己的洞穴里。

特罗尔说："我亲爱的女儿，我逮住了偷我的银鸭子和金银被子的家伙。咱们把他放进催肥笼里，把他养肥后，我们就杀了他，为我们的朋友们举行一个宴会。"

他的女儿很乐意，她立刻把他关进了笼里。臭靴子在笼里呆了八天，他每天喝最好的酒吃最好的肉，能塞多少就塞多少。八天过去了，特罗尔让女儿去砍小伙子的小手指，看他长肥了没有。她来到了笼子前，说：

"把你的小手指头伸出来。"

臭靴子伸出他的如指头粗细的大铁钉让她砍。

"呀！他还是像铁一样硬。"特罗尔的女儿回去跟父亲说，"现在我们还不能宰他。"

一晃又过了八天，特罗尔的女儿又看他肥了没。臭靴子伸出他的圆木桩。

她回去对特罗尔说："嗯，比上次好了一点儿，不过他嚼起来像根木头一样硬。"

接着又一个八天过去了，特罗尔让女儿再次去看看臭靴子是否肥了。

特罗尔的女儿来到笼子前说，"伸出你的小手指！"这一次，臭靴子伸出那截蜡烛。

"现在他又嫩又肥可好吃啦！"她高兴地说。

特罗尔说："是吗？那好，现在我就去邀请客人。你在家里把他宰了，煮一半儿烤一半儿。"

特罗尔走了一会儿，女儿开始磨一把大刀。

"你那刀是准备用来杀我的吗？"小伙子问特罗尔的女儿。

她说："是的。"

小伙子若有所思地说："刀太钝了，让我来帮你磨吧，这样你杀起我来就会容易了。"

特罗尔的女儿把刀递给他，他用力地磨呀磨呀，不一会儿刀就变锋利了。

"过来，让我割一下你的辫子试一试刀磨得快不快，我想已经磨好了。”

姑娘让他试试，抓准时机他一把揪住了她的辫子，把她的头猛往后一推，一刀把头砍掉了。接着，他把她的肉煮一半儿，烤一半儿全摞到了餐桌上。

臭靴子干完后，穿上姑娘的衣服，躲在了一个角落里。

特罗尔领着客人进门，他叫女儿过来一起吃一点儿。

小伙子说：“谢谢，我不想吃。我现在心里有点不高兴。”

“要是这样的话，我们都知道该怎么治。拿竖琴弹一曲不就行了嘛。”特罗尔说。

“可是竖琴不知道去哪里了？我找不到。”

“你知道得最清楚，上次还是你用的呢。不在门那儿又在哪儿呢？”

小伙子不等他重复，就连忙取下竖琴走进走出地弹了起来。趁特罗尔没注意，他猛地把和面盆推到了湖里，跳了进去，飞快地朝着对岸划去。大和面盆的四周溅起了白色的浪花。

过了一会儿，特罗尔发现他女儿出去了好一阵子，就出去看看，到底是什么让她感到烦恼。在这时，小伙子已经划得很远了，特罗尔出来看见了他，大吼了起来：“喂！是你偷走了我的银鸭子吗？”

小伙子回答道：“嗳，嗳！”

“那是你拿走了我那条用金块儿银块儿拼成的被子吗？”

小伙子回答道：“是的！”

“你现在又拿走了我的金竖琴吗？”特罗尔尖叫了起来。

“是的。一点儿也不错。”

“我还没有吃你吗？”特罗尔不解地说。

“没有啊？你吃的是自己的女儿。”小伙子笑着说。

特罗尔一听，他吃了自己的女儿，气死在了地上。

臭靴子又划回了洞穴里，把特罗尔的银币金币装进了和面盆装得满满的。

他把金竖琴献给国王，国王遵守了诺言，把公主嫁给了他并给了他一半儿的国土。他的两个哥哥呢，臭靴子对他们非常好，因为他觉得，无论哥哥们说他什么，总会是一心为他好。

太阳以东和月亮以西

很久以前，有位贫苦的农夫，他有很多孩子。他的孩子们整天穿不暖吃不饱，但一个个都长得很好看，最漂亮的要数小女儿了，她像天仙一样漂亮。

在一个秋天的晚上，天色已经很晚了。外面的天气很恶劣，漆黑漆黑的，还在刮着狂风，下着大暴雨，农家的小房子在风雨中来回地摇晃。大家坐在火边，不是忙这就是忙那。忽然有人在窗户上敲了三下，农夫出去看是怎么一回事儿。他一出去，就看见门口站着一只大白熊。

白熊有礼貌地说："晚上好!"

农夫同样礼貌地回答了他："晚上好!"

"你愿意把你最小的女儿嫁给我吗?"白熊问农夫，"如果你愿意的话，我会让你家变得非常富有。"

说实话，农夫过苦日子已经过够了，他巴不得变得富有呢，不过他心想："我得先问问我的女儿同意不同意。"于是他走了进去告诉大家，外面有只大白熊，他说只要我们把小女儿嫁给他，他就可以让我们全家人都过上幸福的生活。

小女儿一口就拒绝了，这种事她连听也不想听。农夫出去和白熊商量，让他下个星期四晚上再来听答复。爸爸每天劝女儿，跟她说：富有了，全家人就不用再挨冻受饿，并且她跟着大白熊也不会受苦的。最后，小女儿终于答应了。她洗洗补补，把自己收拾利索，最后把所有要带走的东西打进一个小包裹里。

下个星期四的晚上，大白熊来了。小女儿带着小包裹骑上了熊背，和全家人告别。他们走了一段很远的路程后，白熊问她："你害怕吗?"

她勇敢地说："我不害怕。"

"紧紧抓住我的毛，就不会有危险了。"白熊对小女儿说。就这样她骑着白熊走了很远，一直走到一座大山前。白熊轻轻地敲了一下儿，山门就开了，他们走进了一座城堡里。城堡里有很多金碧辉煌的房间，还有间明亮的大厅，大厅里放着张桌子，桌子上摆着你无法想象的奇珍异宝。白熊给她一只银铃儿，并且告诉她需要什么东西时，只要一摇铃儿她想的东西就会立刻出现在眼前。小女儿累了，吃过饭后，她想上床睡觉。她的手刚碰银铃儿，就发现自己到了卧室里。那里面放着一张漂亮的象牙床，枕头是绸子做的，床帷还镶有金边，屋里的东西不是金的就是银的。可是当她躺下后一熄灯，进来了一个男人躺在她的身边。原来他是白熊，晚上他变成人了。小女儿从来都没见过这个人的样子，因为他总在熄灯后来，天不亮就又走了。

小女儿过了一段幸福的时光后，便开始忧愁起来，因为她每天都是孤零零的一个人，她是多么希望能回家和妈妈爸爸、姐姐哥哥们在一起啊。

白熊见她每天都闷闷不乐，就问她想要什么。她说自己什么都不想要，只想回家。山里的生活太枯燥无味了，整天只有她自己，而家里有姐姐哥哥们会很热闹。

白熊说："这好办，只要你答应我回去后不和你妈妈单独说话，我就送你回家。你回到家，你妈一定会拉着你的手，让你到她屋里去聊聊。你千万不能去啊！如果去了，就会给我们带来灾难的。"

星期日白熊来了，说今天就去看她的父母。她骑上了熊背，走了很远，过了很久，来到了一座白色的大农宅前。小女儿看见他的姐姐哥哥们正在房前玩儿，这一切叫人多么高兴啊。

"现在你父母住在这里，"白熊对小女儿说，"千万不要忘了我的话，否则会害了我们。"

"放心吧，我不会忘的！"她说。

全家人幸福地聚在一起，家里每个人都很感激她带来大家的幸福，关切地问她在那里过得怎么样。小女儿说过得很好，想要什么就会有什么。吃过午饭后，正像白熊说的那样，母亲果然要让她到自己的屋里单独谈话。小女儿想起了白熊的话，急忙推辞说："不必了，我们要说的话什么时候说都行啊。"可她经不住母亲的劝诱，终于她把一切都源源本本地说出来了。她告诉母亲她的丈夫熄灯后来天亮前走，她从来都没见过他的样子，所以心里很难过。要是她能看见他，该多好呀！她每天孤零零的一个人，生活很寂寞。

“我可怜的孩子啊!”母亲叫了起来,“你一定是和一个叫特罗尔的睡觉!我教你该怎么做。你走时藏在怀里一根蜡烛,等他睡着时,便能好好地看看他。但,千万不要让蜡灯滴到他身上。”

小女儿在怀中藏了一根蜡烛。天快黑时,白熊把她接走了。走了一会儿以后,白熊问她预料的事情发生了没,她只好说了。

“如果你照你妈说的去做,你就把我们两个人全毁了。”白熊说。

小女儿稍微有些紧张地说:“没有,我什么都没干。”

回到家,小女儿和往常一样上床去睡觉,灯熄后,进来了一个男人躺在她的身旁。半夜里,她听到他睡熟后,点着蜡烛,照亮了那个男人的脸。啊,她从没有见过这么英俊的王子。她真的是太喜欢他了,她宁愿去死也要亲他一下。可当她亲他的时候,三滴蜡烛滴在了王子的衬衣上,把王子惊醒了。

王子对小女儿说:“你在干什么呀?你使灾难降落在我们的身上了。我后妈在我身上施了魔法,本来你只要坚持一年不看我,我就会获得自由。可是现在一切都毁了。我必须离开你,到我后妈那里去。她住在月亮以西和太阳以东的城堡里,那里有一位鼻子有三尺长的丑公主,现在我不得不听从我后妈的安排去跟她结婚了。”

小女儿听了王子的话后哭得心都碎了,可王子必须要走。她问王子能不能带她一起走,王子说不可以。

“那你能告诉我路吗,我要去找你!”

“你可以去找,但是没有路。我在月亮以西和太阳以东,但是你永远也找不到通向那里的路。”

小女儿清早醒来时,王子和城堡全都不见了,她独自一人躺在黑暗的大森林里一片绿草地上,身旁放着她从娘家带来的小包裹。她醒了过来揉揉红肿的眼睛,又伤心地哭了起来,她哭干了眼泪才上路。

她不知道走了多少个日子,终于到了一座大山前,那里有位老太婆正在坐着玩着金苹果。姑娘问她是否知道通往月亮以西和太阳以东的那座城堡的路,那里面住着王子和他的后妈,王子要同一位鼻子有三尺长的丑公主结婚。

“你是怎么知道那位王子呢?”老太婆问小女儿,“大概你是想同他结婚吧。”

她说：“是的，我很想。”

老太婆叫了起来：“啊，原来是你啊！可我只知道他住在月亮以西和太阳以东的那座城堡里，其他的事我就什么都不知道了。如果你能到达的话，你需要走很久很长的时间才能到那里。不过你可以用我的马，骑上它去找我的邻居——另一位老太婆，也许她能告诉你王子在哪里。你到那里以后，就在马的左边耳朵下拍一下，让它回家。你还可以把这个金苹果带走。”

小女儿便坐在马上，骑了很长一段路程，终于来到了一座大山前。那里有一位老太婆正坐在外边晒太阳，她手里拿着把金理棉梳。小女儿问她是否知道去往月亮以西和太阳以东的那座城堡的路和住在那里的王子。但是她像第一位老太婆那样回答小女儿：“我只知道他住在月亮以西和太阳以东的一个城堡里，别的什么都不知道了。如果你能到达的话，你得需要很长的时间才能到达那里。不过你可以用我的马，去找住得离我最近的那位老太婆，她也许知道城堡在哪里。你找到她以后，就在马的左边耳朵下拍一下，让它回家。”

然后老太婆让她带上了金理棉梳，她说这把梳子可能会对小女儿有用。

姑娘坐上马，骑了很长的路程，走了很久的时间，小女儿独自一人来到了一座大山前。那里有位老太婆正在用金纺车纺线。姑娘问她知不知道通往月亮以西和太阳以东的城堡的路。

“哦，原来是你啊，原来你就是该和王子结婚的女孩。”老太婆高兴地说着。

姑娘说：“是的，我是。”

可这位老太婆也不比前两位老人知道的多——她只知道王子的城堡在月亮以西和太阳以东，她说：“如果你能到达的话，你需要很长的时间，”她又说道，“不过你可以用我的马，我觉得你最好去问问东风，他可能知道城堡在哪里，他会一口气把你吹到那里不费一点儿力气。当你找到他时就在马的左侧耳朵下拍一下，它就会回来了。”

于是老太婆就把金纺车也送给了她，说：“也许它会对你有些用处的。”

姑娘骑着马走了很长的路程，过了很久的时间，最后终于到了东风的住处。她问东风知不知道通往住在月亮以西和太阳以东城堡里王子的道路。

东风对小女儿说，“嗯，我曾听说过王子和他的城堡，但我不知道去那里的路，我从来都没吹过那么远。但如果你愿意的话，我可以带你去找西风哥哥，他可能会知道，他比我强壮多了。你可以坐在我背上，我带你去找他。”

姑娘坐在了东风的背上，他们飞行得可真是轻快呀！不一会儿就到了。东风走进去说，他带来的这位姑娘是本该和住在月亮以西和太阳以东的城堡里的王子结婚的，现在这位姑娘正四处寻找他，所以我把她带到这里来问问，看看西风是否知道城堡在哪儿。

西风说：“不知道，我从来没有吹得那么远。不过如果你愿意的话，我可以陪你到南风那儿去，他比我们俩强壮得多。他吹得十分远，也许他会告诉你去城堡的路。你可以坐在我的背上，我带着你去找他。”

姑娘驾着西风，眨眼功夫就到了南风的面前。西风问南风哥哥是否能告诉姑娘去往月亮以西和太阳以东的那座城堡的路，因为她就是该和那里的王子结婚的女孩。

“哦，就是她？真的！”南风说，“我一生漫游了很多地方，可是我从来没吹过那么远。不过，你如果愿意的话，我可以带你去找我北风哥哥，他是我们兄弟几个中年纪最大的，身体最强壮的一个。如果他不知道的话，全世界也就再也没人能告诉你了。你坐在我的背上，我带着你去找他。”

姑娘坐在了南风的背上，快速飞走了。不久，他们看见了北风的住处。北风可真是疯狂野蛮，老远他们就感到一阵阵的寒风迎面而来。

北风大吼一声：“你们想要什么啊？”把南风和姑娘吹得都快冻成冰棍了。

南风说：“哥哥，是我，还有这位该和住在月亮以西和太阳以东的王子结婚的姑娘。她想问你有没有去过那里，想跟你打听一下路。这位姑娘一心想找到王子跟他结婚。”

“嗯，我知道那在月亮以西和太阳以东的城在什么地方，”北风大声地说，“有一次，我把一片白杨树叶吹到那儿；可把我累得好多天都起不了床。如果你一心想去也不害怕的话，那就跟我去吧。过来，骑上我的背，看看我能不能把你吹到那里去。”

姑娘坚定地说：“我一定要去，只要能有办法去我就去，无论是上刀山还是下火海我都不怕，你就用力使劲地吹吧。”

北风说：“这很好，不过，你今晚必须留在这里睡一晚，我们只能在明天早上出发。”

第二天天刚亮，北风就叫醒了她。北风呼呼地鼓了一阵气，让自己的身体膨胀得吓人。然后他载着姑娘被北风吹得一下就腾空而起，好像要飞到天涯海角去似的。大地上也立即刮起了一阵狂风，摧毁了很多的房屋和树木；当他们行驶在海洋上空时，数百条船只都葬身大海。就这样他们风驰电掣般地飞着，过了很长时间，他们还没越过海面。北风越来越累了，终于累得快要吹不动了。他的身体开始一点点地往下坠，就越坠越低，最后低得都快挨着了海面，咆哮奔腾的海浪拍打着骑在风背上姑娘的双脚。

北风问小女儿：“你害怕吗？”

她勇敢地说：“我不害怕。”她一想到王子，就什么也不怕了。

幸亏他们离陆地不远了，北风用最后一丝力气把姑娘抛向了海岸，姑娘恰好落在月亮以西和太阳以东的城堡的窗口下面。这次北风可累坏了，需要歇好几天才可以往回吹。

第二天早上，姑娘在城堡的墙外玩着金苹果，她碰见了那位想和王子结婚的长鼻子丑公主。

“姑娘，你的金苹果多少钱啊？”长鼻子公主打开了窗子问小女儿。

“钱和金子都买不到。”姑娘回答着长鼻子公主。

“钱和金子都买不到吗，那用什么能买呢？你就说你想要什么吧。”长鼻子公主骄傲地说。

“只要你让我今天和这里的王子一起住一夜，我就一分钱也不要，无偿地把它送你。”姑娘说。

长鼻子公主说：“那太好了。”其实她已经想好了主意该怎么做了。

长鼻子公主没花一分钱就得到了金苹果；而那天夜里姑娘走进王子的

卧室的时候，王子已经睡着了。当然这是公主要的诡计。

可怜的姑娘抱着王子摇呀，对着王子不停地喊呀，不停地哭呀，可怎么也弄不醒他。第二天早上天刚发亮，长鼻子公主走进房间把她赶出去了。

白天，姑娘又坐在城堡的窗户下，她拿出理棉梳子自己玩。和上次一样，公主又问她买这把梳子多少钱。姑娘回答说梳子不是卖的，钱和金子她都不要，但是如果允许她再和王子住一夜的话，她就一分钱也不要，无偿地把梳子送她。公主欣然答应了。

可当姑娘走进王子的房间时，他又睡着了。任凭她怎么摇，怎么喊，怎么哭，王子都像死了一样酣睡不醒。第二天天刚亮，长鼻子公主就走进房里把她赶出去了。

这天白天，姑娘又坐在了城堡的窗下，她拿出金纺车来纺线。长鼻子公主看到了又想要小女儿的金纺车，她打开窗子，问金纺车多少钱。和前两次一样，姑娘回答说金纺车不是来卖的，钱和金子她全都不要，只要她允许她跟这里的王子住一夜，不要一分钱也无偿地就把金纺车送她。

长鼻子公主高兴地答应了，“可以，我完全同意你说的。”

城堡里关着一些被特罗尔逮来的人，他们被关在王子的隔壁的房间里，他们听到姑娘前两夜的哭喊声，就告诉了王子。第三天晚上，长鼻子公主又拿安眠药给王子喝时，王子发现水里面有药，就偷偷泼到了身后。

这次姑娘进来时，王子没睡着，她就把自己来这个月亮以西和太阳以东的经过告诉了王子。

王子说，“你来的很是时候，明天我就得和长鼻子公主结婚了，但是我不愿和她结婚，现在只有你能救我。明天我要跟后妈说我想看新娘会干些什么，让新娘把我衣服上的那三滴蜡烛洗掉。这她肯定会同意的。可她哪会知道蜡烛是你滴上去的，只有像我和你这样的人才能洗掉，那群特罗尔怪物只会越洗越脏的。然后我就会说哪位女人能洗净我的衬衣就要做我的新娘。我知道你能把它洗净。”

这晚姑娘和王子度过了幸福的一夜，第二天要举行婚礼了，王子对她的后妈说：

“我要先看看新娘会干些什么。”

王子的后妈想也没想就答应了，“好吧。”

“我有件漂亮的衬衣想在结婚的时候穿，可是上面有三滴蜡烛必须要洗掉。我已经发过誓了：哪个姑娘能洗净这件衬衣，我就和她结婚。如果她连这也不会干，那我还要她做什么呢?”

特罗尔人们听完，都觉得这件小事很容易。长鼻子公主开始洗衬衫了，可是她越洗越脏，衬衣上的污点就越大。

“啊！你怎么连这都不会洗，拿来我洗。”一个特罗尔老太婆说，她是长鼻子公主的妈妈。

她洗了一会儿，衬衣看起来就更糟糕了。她越是用力洗，上面的污点就越大越黑。

所有的特罗尔都来洗了，谁知她们越洗衬衣就变得越黑，最后，黑的就像从烟囱里拿出来的。

“你们全是废物!”王子叫了起来，“窗外面有个乞讨的姑娘，我敢说她比你们每个人洗得都要好。那位姑娘，快进来!”

他一喊姑娘就立即进来了。

“你能不能把这件衬衣洗净?”王子一本正经问生怕别人发现他俩认识。

“我不知道。不过我想试一试。”姑娘说。

她拿起衬衣，刚放进水里，衬衣就立刻变得雪白，甚至比雪还白。

王子宣布，“我要和你结婚!”

老特罗尔太太一听，气坏了。长鼻子公主和小特罗尔们肯定也全都气炸了，从那以后人们再也没有听说过他们。新娘和王子放出了关在城堡里所有的人，并带着金银财宝，离开了那座位于月亮以西和太阳以东的城堡。

主人一女仆

从前有个国王，他有很多儿子。我也弄不清楚到底有多少个，不过最小的儿子在王宫中一刻也不得安宁，他想出去见见世面，碰碰运气。后来，国王不得不答应他了。王子走了几天后，来到一个巨人的家里，给那个巨人当仆人。

早上巨人要去放羊。临走前，他吩咐王子把家里的马厩打扫干净整洁。巨人对王子说：

“你今天把马厩打扫干净后，就不用再干别的活儿了。你不久就会发现，你来到一个很善良的主人的家。不过凡是我让你干的，你必须干彻底，干好。另外，你只准呆在昨天睡觉的屋子，不许到别的房间去。如果你去了的话，我会要你的命。”

“嗯，没有问题。他一定是一位好主人！”王子一边哼着歌儿在屋里面走来走去，一边自言自语，他以为打扫马厩不用花多长的时间。“趁现在溜到别的屋子里去看看，一定会很有意思，”王子心里想，“主人不让我进去，说明里面肯定有什么不为人知的东西。”于是，他走进了第一个房子。刚一进门就发现房子里吊着一口大锅，锅正在咕嘟地沸腾着，可是王子看不到下面有火。“奇怪，里面装了什么？”他一边想一边从自己头上拔下一撮头发扔到锅里。头发立即变得像铜丝一样。“这汤可真不错，谁要是喝了，喉咙准会镀上一层铜的。”王子惊奇地说。

他又走进了另一个房间里。那里面也吊着一口大锅，锅里正咕嘟地冒着气泡，可锅下面也没有火。“让我来试一试这汤怎么样。”王子说着又向这口锅里扔了一撮头发，头发一捞出来，就变成银的了。“我爸爸的王宫里也没这么贵重的汤啊，”王子惊讶地说，“不过，汤主要还得看它的味道。”

他又走进了第三个房间。那里也吊着一口大锅，锅内像前两个屋里的一样咕嘟地沸腾着。王子出于自己的好奇，又用自己的一撮头发往锅里醮了醮，他把头发一拉出来，头发就镀得金光闪闪了。“人们常常都爱说越来越糟了，”王子说，“可是这里却越来越好了。他在这里熬金子，可谁又知道在那里又熬什么呢？”他决心把这个看个明白，便打开门进了第四间屋子。那里面看不见大锅了，凳子上却坐着一位姑娘。她看着像一位国王的女儿，无论她是谁，王子这辈子还从没有见过如此美丽的姑娘呢。

“哦！我的天啊，你来这里干什么？”凳子上的姑娘问他。

“我是到这里当佣人的，昨天来的。”王子说着。

“希望你能赶快找个别的好地方，在哪儿当佣人也比这里强!”她急切地说。

“噢！我觉得我的主人还算可以挺不错的，”王子笑着说，“今天他没有让我干什么重活儿累活儿，只让我打扫一下马厩就可以了。”

“对吧，但是你怎么才能把马厩打扫得干净整洁呢?”姑娘好奇地问，“如果你同其他人那样清理马厩，就糟糕了。你每清出去一草叉的草，就会立刻飞进来十草叉的草。不过我能告诉你怎么做，你把草叉倒过来用，用草叉的柄来清草，所有的草都会自动飞出去了。”

“好的，我一定会按照你说的做的。”王子十分感激。

王子和国王的女儿坐在一起聊了一整天，很快他们俩就决定要成为夫妻，永远地生活在一起。这天，王子丝毫也没觉得漫长。到了黄昏的时候，姑娘提醒他该去打扫马厩了，最好是在巨人回家前就打扫好，他这时才肯离开。

王子来到马厩，他想试试姑娘说的话到底是不是真的，便按照爸爸的仆人在马厩里干活儿时的样子去清理马厩，可他还没干一会儿呢，就发现马厩里的草已经堆得插不下脚了，所以他不得不用姑娘教的办法做了。他把草叉倒转了过来，用草叉的柄来清草。只是一眨眼的功夫，马厩就像是被洗过的似的干净了。他干完之后，就回到巨人指定的房子里走来走去，轻松地哼起了歌。

巨人赶着他的山羊回来了。

“你把我的马厩打扫干净了吗?”巨人问他。

“是的，主人。我把马厩打扫得光溜溜的，一点草叶也没有。”王子说着。

“让我来看看。”巨人说着来到马厩，嘿嘿，还真的是跟王子说的一样的干净。

“你一定是跟我的那位主人—女仆讲话了。要不然，你的脑袋瓜是绝对想不出这个办法的。”巨人说着。

“主人—女仆！那是什么玩意呀？我真的很想见识见识。”王子假装地问，他把自己装得比头蠢驴还蠢。

“哼，你很快就能见到她了。”巨人不屑地说。

第二天早上，巨人又带着他的山羊出去了。他吩咐王子把山坡那边的马给牵回来。你只要把马牵回到马厩里，你就可以回房间里休息了。“你很快就会知道的，你来到了一位十分善良的主人的家里，”巨人又说了一次，“但你不准到我昨天说过的房间里去，不然我会把你的头拧下来。”他一说完，就赶着羊群走了。

“是的，您的确是一位很善良的主人，”王子心想，“但我还要进去和主人—女仆说说话呢；过不了多久，她就会心甘情愿地当我的女仆而不是你的女仆了。”

于是他又走进主人—女仆那个房间里。主人—女仆问他今天要干什么活儿。

“哦！我想那并不是一件太危险的活儿，”王子高兴地说，“我只需到山的那边把他的马骑回来就可以了。”

“那么，你想怎样来对付它呢?”主人—女仆问他。

“怎么了?！把马骑回来应该不用什么高超的技术吧，”王子说，“我骑过的烈马可是很多!”

“是的，但是把这匹马骑回家可不是像你想得那样容易，”主人—女仆对他说，“不过我能告诉你怎么做。你走近那匹马时，马的鼻孔里就会喷射出松明似的火焰来，不过你不要怕，你把门口那里挂着的那个马口衔拿去，小心翼翼地掷进马嘴里；马就会变得乖乖的，听从你的使唤了。”

王子把这些全都记在心里面了。于是他又和主人—女仆坐着聊起天来。他们谈完一件事又谈另外一件事，不过开头和结尾谈的都是诸如如果他们俩能从巨人这里逃出去，结成夫妻该有多么好啊之类的话语。黄昏到来之际，要不是主人—女仆提醒王子该去山坡那边牵马了，他早就把这件事忘到九霄云外去了。他从门口一个钩子上面取下马口衔，大步向着山坡走去。

没多久他就遇到了那匹马，它的鼻孔里喷出了熊熊火焰。但王子却十分镇静，他在全神贯注地盯着烈马，当它张着嘴向他冲过来时，他就一下子把口衔扔进了马口。马立马变得像小绵羊似的驯服了，王子没费一点儿力气把它骑回了家，关进了马厩里。然后王子又回到了自己的房间里轻松地哼起了歌。

等到天快黑的时候，巨人回来了。

“你从山坡那边把马拉回来了吗？”他问王子。

“是的弄回来了，主人。这匹马骑起来还真有意思，不过我还是一直把它骑回了家，关在马厩里。”王子说。

“让我来看看。”巨人边说着，边走到了马厩跟前。王子说的一点也不错，那马安祥地站在马厩里。

“你肯定是跟我的那位主人—女仆谈话了，要不然，你的脑袋瓜是绝对想不出这个办法的。”巨人又对他说。

“主人，你昨天提到那个主人—女仆，今天你又提起她。啊！我的好主人哪，为什么你不把那东西拿出来让我看一眼呢？我要能看见它该有多高兴呀！”王子假装地说，他又装成那么傻乎乎的。

“噢，你很快就可以见到她了。”巨人说着。

第三天早上，巨人又要到森林里去放羊。

“你今天必须到地底下给我收租去，”他咐咐王子，“你收完了租子，就能休息。你很快就能知道了，你到了一位十分善良的主人的家里。”他说完便得意地走了。

“嗯，你可真是位善良的主人，专门让人做难办的事，”王子心想，“不过，我倒是要看一看还能不能找到你那位主人—女仆；你说她是你的女仆，但是她却会告诉我今天该怎么做。”

他又去了主人—女仆那个房间。主人—女仆问巨人今天让他干什么活儿，他告诉她巨人今天派他到地底下收租子。

“那么你打算怎么做呢？”主人—女仆问王子。

“哦！你肯定会告诉我该怎样做的，”王子得意地说，“我从未曾去过地底下，即使我知道怎么去，那我也不知道应该收多少租子呀。”

“嗯！我会告诉你。等去时你带上这根木棍子，走到山脊下那块大石头那儿，照着石壁轻轻地敲几下，然后就会出来一个浑身上下都冒火星的人，看到他后你就告诉他，你是来收租子的。接着他问你想要多少租子，然后你就说：‘能拿走多少租子就要多少租子’。”

“好的，我全记住了。”王子高兴地说。然后他就又与主人—女仆坐着聊了一整天。他们两人说呀笑呀一直聊到傍晚，要不是主人—女仆提醒他是时候去收租子了，没准儿他现在还呆在那里没有去收租子呢。

王子按照着主人—女仆说的方法，走到了石壁前举起棍子轻轻地敲了几下，果然里面马上出来了一个人，火星不断地从他的眼睛和鼻子里向外冒出来。

他粗声地问：“你想要什么？”

“巨人派我到这里来给他收租子。”王子小心地说。

“那你想收多少租子呢？”喷火星的人问王子。

“能拿走多少就带走多少。”王子说。

“你没有骑马来用马来驮，这可真是太好啦！”从石壁里出来的全身都冒着火光人说。“那请你跟我进来拿吧。”

王子跟他着进洞了。啊，他看见了许多金银财宝呀数都数不清！那些银子金子竟然像是荒地里一堆一堆的石头似的，被随便地扔在山洞各个角落。王子装了一大满袋子，扛着就回家了。

傍晚，巨人带着他的羊群回来了，王子还是像前两天一样，在屋子里高兴地哼着歌。

巨人问王子，“今天你去收租子了吗？”

王子充满信心说着，“我去收了，主人。”

“那你把收来的租金放在哪儿了？”巨人又急忙地追问。

“那边凳子上的装了满满一大袋的金子就是我收的租子。”王子说。

“让我来看看。”巨人边说着边走到了凳子前面，凳子上果然立着个大口袋，口袋里装得满满当当的。巨人解开了袋口，银子金子哗啦啦地撒得满地都是。

“你肯定是和我那位主人—女仆讲话了！”巨人用怀疑的口吻说，“如果你和她谈了，那我就拧掉你的脑袋。”

王子假装说，“主人—女仆？我的主人，你昨天提起过这个主人—女仆，今天你又提起了她，在我当佣人的第一天你也谈到了她，我真是太想看一看它是什么东西了。”

“行，等到明天我就让你看看，”巨人说，“我明天亲自带你去见见她。”

“主人，啊，真是太感谢你了——不过你是在捉弄我开玩笑吧。”王子继续在装着傻。

第二天早晨巨人就把王子带到了主人—女仆面前。

“现在你把他杀了，然后放到你知道的那口大锅里煮煮，等肉汤煮好后，就叫我一声。”巨人说完，就躺在长凳上呼呼大睡了。没过一会儿，他发出的鼾声就像是在山谷回响的轰隆隆的雷声一样。

主人—女仆用刀割了王子的小手指头一下，在一个小木凳上挤出了王子的三滴血。接着她又把所有的烂鞋底破布片扔进大锅里去煮。最后她把一块盐巴，金粉末儿和挂在门后的一瓶子水全装进了一个大箱子里，她提着箱子，还有两只金鸡和一个金苹果和王子一起偷偷地逃走了。他俩以最快的速度跑到了海边，乘上船走了。然而至于他们的船是从哪儿弄来的，这个我也不知道。

巨人在凳子上睡了很长的时间以后，他舒展了一下身体，问道：“开锅了吗?”

小凳上的第一滴血说，“刚开。”

于是巨人又在长凳上躺下睡着了。他睡了很久后，身子又在凳子上蠕动了一下，问道：

“煮好了吗?”

他睡得糊里糊涂的，像第一次一样也没有抬头看看周围的情况。

第二滴血回答说，“还早着呢，才煮熟一半儿!”

巨人又一次以为是主人—女仆，他在凳子上又翻了个身呼呼大睡了。睡了很长的时间后，他动了动身子，舒展了一下四肢。

“还没煮好呢吗?”他焦急地问。

第三滴血回答说，“早煮好啦。”

听到这话，巨人坐起来揉揉刚睡醒的眼睛，但他看不到在和他说话的人。他喊主人—女仆，不管他怎么喊也没有回答。

“我想，她一定是溜出去玩了。”巨人心想。他拿起汤勺，走到大锅边想去尝汤，可勺子里面除了破布片烂鞋底什么都没有。把那些乱七八糟的废物在一起煮，巨人尝了后也不知道是牛奶粥还是稀饭。他仔细地想了想，终于明白是怎么一回事了。他简直要被气疯了。他立即扔下勺子，拔腿就跑去追赶主人—女仆和王子。他跑得非常快，只听见风呼呼地在他身后狂吼着，没过一会儿他就到了海边，可是大海挡住了他的去路。

“好吧，可是我有办法：我只要把我的吸河工叫来就能解决问题了。”巨人得意地说。

他果然把吸河工请来了。吸河工蹲在海边，喝了三口海水，海面顿时就落了下去，巨人看到在海上航行的王子和主人一女仆了。他们看到了巨人后，主人一女仆对王子说：

“快把那个盐块儿扔出去。”

王子把盐块儿扔了出去，盐块儿就变成了一座横跨大海的高山，不仅巨人无法跨跃，连吸河工也无法吸到山那边的水了。

“哼，我有办法。”巨人说。

于是他把钻山工叫来，让他在高山里钻一条隧道出来。这样吸河工就又能吸水了。可隧道刚刚钻好，吸河工还没有来得及吸海水呢，主人一女仆就叫王子把瓶里的水洒出一，两滴。水刚一洒出，海水立即就涨满了。吸河工还未来得及喝下一口海水，王子和主人一女仆已经安全地到达对岸了。他俩决定到王子的父亲的王宫里去，可是王子无论如何也不想让主人一女仆就这个样子徒步进宫，他觉得他们两个人，走回王宫未免有点不太体面。

“你在这个地方等一会儿，我回家去骑我爸爸的那七匹骏马来接你，”王子说，“王宫离这儿不远，我会很快回来的，我绝不会让我的新娘徒步走进宫中。”

“王子，不要离开我，我能预感到，你回到国王的宫殿里就会忘记我的。”

“我怎能忘记你呢？我们一起同渡风雨共患苦难，我们之间的爱是那么深。”王子深情地说。

他坚持要回去骑来七匹骏马拉的漂亮的马车，让主人一女仆在海边等他。王子很固执，最后主人一女仆只好让步了。

“不过你回到王宫时，不要停下跟任何人打招呼说话，直接到马厩去拉马车，你要尽快把车赶来。到了王宫，你就会看到络绎不绝的客人，但你得装得像是没看见他们一样；如果有人给你东西吃的话，千万不要吃，如果尝了，灾难就会落在我们的身上。”主人一女仆对王子说着，王子发誓一定按照她说的做。

王子回到宫殿时，他的一位哥哥正准备要结婚呢，新娘和亲戚朋友们全都来到了王宫。他们看见了王子，就全部涌上来围着他问长问短，请他一起进王宫里坐坐。但王子假装着好像没有看见他们似的，直接跑到马厩，把马拉了出来，马上开始套车。客人们看出来无法劝王子同他们一起进宫，就端出来了酒肉以及为婚礼准备的食品准备让王子吃，可是王子连看也不看一眼，他只顾尽快把马车套好。可最后，新娘的妹妹从院子里给他滚出一个苹果，笑着说：

“也许你不想吃别的东西，或许你想尝一尝这个苹果，走了这么远的路，你一定又渴又饿了。”

王子把苹果捡了起来，咬了一口，可谁知那块苹果刚一入口，王子就把主人—女仆以及有关她的事全忘掉了。

“我想我肯定是疯了！摆弄这马车干什么呢?”他无奈地说，然后他把马赶回了马厩里，走进了王宫。在宫殿里，他很快就决定要和新娘的妹妹——滚给他苹果的那位姑娘——结婚。

主人—女仆在海岸边等了很久，却一直看不到王子回来的身影，于是她就离开了海边。她没走多远就来到了一间草房前面，这间草房独自地盖在王宫附近的小树林里。她走了进去，苦苦哀求草房的主人让她住下。这草房的主人是一位凶恶的特罗尔老太婆，起初这位老太婆不管怎么样也不让姑娘住下，可后来，因为主人—女仆说了很多好话，而且给了她许多金子，这下特罗尔老太婆才算同意让她住下了。

草房里面又脏又黑像个猪圈似的，主人—女仆对老太婆说她想把屋子收拾收拾，让它看着像别人的家里一样。把老太婆太不高兴，她恶狠狠地瞪主人—女仆，满脸怒色的，主人—女仆并不理她那一套。她打开了装金粉的箱子，抓了一把扔进了火里，金粉很快就沸腾了起来，流遍了草房，把草房的里里外外全镀上了一层金。金粉熔成液体在火上向外冒泡时，可老太婆给吓坏了，好像是有什么魔鬼在撵她似的。她慌忙地向外跑去，谁知出矮小的房门时她忘了猫腰，结果头撞到门框上，把脑袋给撞碎了，当场就死了。

第二天早上，法官从这里经过，他看到小树林中有一座光芒四射的小金屋，感到十分惊讶；他走进看到里面坐着一位美丽的姑娘，他更惊讶了。他一眼便爱上了这位姑娘，立即彬彬有礼地向姑娘求婚。

“你想和我结婚，这很容易。你有很多钱吗？”主人—女仆问法官。

“至于钱嘛，这个对我来说从来不缺。”法官自豪地说。

于是他就回去取钱了，晚上他就回来了，带了一个大口袋，里面足足有两蒲式耳金钱。他把钱袋放在了长凳上。既然他有这么多的钱，主人—女仆就答应了这门亲事。于是，他们便坐下来开始谈话。

还没坐下来，主人—女仆就跳了起来叫着道：

“糟糕，我忘记看火了。”

“你怎么能起来去干那种事呢？”法官讨好地说，“让我来干吧！”他跳了起来，一步跨到了烟囱前。

“你要是拿到了煤铲，就告诉我一声。”主人—女仆对法官说。

“好的，现在我已经拿到煤铲了。”法官说。

“我希望从现在起到明天天亮，你一直握住煤铲。煤铲粘住你在你手上，把火红的煤块向自己身上铲吧。”主人—女仆对他说。

因此法官不得不整夜都站在那里，他不停地往自己身上铲烧得通红的煤块，无论他怎么求饶，怎么嚎叫，通红的煤块也丝毫不会变得凉一点儿。等到天空开始发白时，法官才能放下煤铲。他连一分钟也不愿多在这个小金屋里停留，拔腿就跑了出去。他跑得像是在飞一样，街上遇到他的人都瞪着大眼睛看他奔跑，像是在飞一样，人们都以为他疯了呢。那比把他痛打一顿再浇上柏油都没有他现在更可怕，大家都纷纷议论，问他到底去了哪里，可他羞得讲不出一句话。

第二天，检察官骑马路过主人—女仆住的草房，他看到小金屋耀眼的光芒穿过树林射向四面八方。他也进了屋里看看究竟是谁住这在里面。他一进去，就看见了那位年轻而美丽的姑娘，他比法官还要喜欢她，立即向她求婚了。主人—女仆像对法官那样同样问他，是否有许多的金钱；检察官说，自己从来都不缺钱，并且马上回家去取了。

当天晚上，检察官就带来了一大布袋钱——这袋里装了足有四蒲式耳。他把袋子放在主人—女仆身边的凳子上。主人—女仆看到他有这么多的钱，就答应嫁给他了。他便坐在姑娘身旁的凳子上，开始商量安排婚事。突然主人—女仆说她忘记锁门廊的大门了，大门夜里是必须得锁上的。

“你怎么能去干那活儿呢?”检察官对主人—女仆说，“你在这里坐好，我去锁门。”

于是他站了起来，走到了门廊那里。

“你握住门把手时，就告诉我一声。”主人—女仆对检察官说。

“现在我已经握住门把手了。”检查官喊道。

“我希望从现在起到明天天亮，你一直握住门把手，门粘在你手上，让你在墙内墙外跳来跳去蹦个够吧。”

那天夜里检察官在门里门外跳得多么欢快呀！他从来都没有跳过那样的华尔兹旋转舞，而且他希望永远也不要再跳一次了。他一会在门前跳，一会在门后蹦，门被风吹得不停地从门廊的一边扇到另一边去，啪啪地差点要把检察官打死了。起初检察官还一直在骂主人—女仆，后来他又低三下四地向她求饶。可不管他是骂也好，还是求饶也好，门揪住他一直不放开，叫他从晚上跳到了天亮。

第二天早上，门松动了，检察官挣脱了身子拔腿就逃跑。他忘记了惩罚让他受罪的人，也忘记了他的求婚和装得满满的钱袋。他拼命地跑呀，唯恐门廊的大门从背后追过来。街上的人们，目瞪口呆地看着他跑过来，又目送他跑到远处，都以为他疯了。真是比一群公羊用角顶他一整夜，看起来更加狼狈不堪。

第三天执行官也路过了这里，他同样也看见了小树林中的金房子，他走了进去看看是谁住在这里。当他看见主人—女仆时，他被迷得连个招呼都顾不上打就开始向主人—女仆求婚了。

主人—女仆像对前两位求婚者一样的话回答他，只要他有很多的金钱，她就答应嫁给他。

“钱嘛，这个我从来都不缺。”执行官得意地说。

于是，主人—女仆就让他立刻回去取钱，他也照做了。当天晚上他回来时，带来的钱布袋比检察官还要大很多，钱袋里至少装了六蒲式耳金钱。他也把钱袋放在了凳子上。这样，他和主人—女仆的婚事就算是订下来了。

他俩还没坐稳，主人—女仆就说她忘记把外面的牛牵回来了，她得出去把牛牵到牛圈里。

执行官连忙说："真的，你不用去，这种活儿让我来做。"别看他又胖又高，却像一个小孩似的，一蹦一跳地出去了。

"你抓住牛尾巴时，就告诉我。"

"现在我就抓住牛尾巴啦。"执行官喊道。

"那么，我希望从现在起到明天天亮，你抓着牛尾巴，牛尾巴拖着你，你们两个一起去周游世界吧！"主人—女仆大声地说。

因此，执行官也就只好辛苦一遭了。无论道路平坦还是坎坷，是峡谷还是山坡，牛在一个劲儿地跑。执行官越是喊叫，小牛跑得就越快。天刚刚亮时，执行官被小牛拖着已经被累得半死了。他终于挣脱了牛尾巴，高兴得把装得满满的钱袋和其他事情全忘了。他一步一步缓慢地往家走——可要比检察官和法官慢多啦——可是走得越慢，人们就有更多的时间睁大眼睛端详他；可谁能猜得出来他跟小牛周游世界一晚之后，竟会变得如此的衣衫褴褛，那么疲惫不堪。

紧接着的第二天，王宫里就要举行婚礼了。哥哥陪着他的新娘，而在巨人那里当过佣人的王子陪着新娘的妹妹，他们一起乘马车去教堂举行婚礼。他们坐上华丽的马车准备出发，可是马车的一根辕子断了，他们做了很多个换上了，全都不行，一个个都断了。不管什么木头做的都不能用。这样耽搁了很长时间他们也无法离开宫殿去教堂，大家都十分着急。这时法官对大家说（他也前来参加婚礼了）：

"那边的小树林里住着一位姑娘，如果你们能把她烧火用的煤铲把借来的话，它一定很结实管用。"

因此，他们派了一个人到小树林里，求那位姑娘把法官说的煤铲把借给他们用用。由于他的苦苦哀求，主人—女仆把煤铲借给他们了。他们有了一个不会断的车辕。

正要出发时，马车底掉到了地上摔个粉碎。他们赶紧换了一个新底，可无论他们怎么钉，用什么木头，马车还没前进，马车底就裂开了，结果是比断根辕子时的情况还要糟糕。这时检察官说——他也来王宫参加婚礼了：

“那边的小树林里住着一位姑娘，如果你们能把她的半扇大门借来的话，它肯定裂不了。”

于是他们又派了一个人到小树林里，苦苦哀求那位姑娘把检察官说的那扇镀金门板借给他们用，主人—女仆也答应借给他们了。

他们又一次准备出发了，然而马却拉不动车了。他们开始套了六匹马，现在增加到了八匹马、十二匹马、十四匹马，可马套的越多，车夫抽打得越狠，就越没用，马车像钉在地上似的一动不动。天色已经有点晚了，王子和新娘还无法去教堂。王宫里的每一个人都很焦急。这时执行官走了过来说：

“那边小树林里的小金房里住着一位姑娘，如果你们能把她的小牛借来的话，我相信它一定能拉动马车。就算马车如一座山那样重，它也能拉动。”

大家都认为让一头小牛拉着王子和新娘去教堂未免有点儿可笑，可是也没别的办法，就只好又派了一个人到小树林里，以国王的名义求那位姑娘把执行官在王宫里说的那头小牛借给他们用。主人—女仆立刻就答应了——这次她连个“不”字也没说。

大家把小牛套上了，看马车是否能前进。嘿，马车真的前进了，无论是平坦还是坎坷的道路，越岭还是翻山，马车骨碌碌地一个劲儿向前行，一上一下把车上的人颠得喘不过气来。车身时而腾在半空，时而落在地上；到达教堂时，它又像纺车那样滴溜溜地转起了圈，他们冒着生命危险好不容易才爬下了马车走进了教堂。等他们回来的时候，马车跑得比去的时候更快了，所以大多数人都不清楚王子和新娘是怎样回到王宫的。

大家都在桌旁坐好了，曾给巨人干过活儿的王子提议说，应该把那位借给他们煤铲把和门板以及小牛的姑娘请到宫殿里来以表感谢之情。他说，“因为，如果我们没有这三样东西，我们现在都没法去教堂呢。”

国王也觉得这样做是非常公平合理的。因此，他派了五名最好的卫兵到金房子，向那位姑娘转达国王的最亲切问侯，并且邀请她到宫殿里参加午宴。

“十分感谢请代我向国王致敬。不过也请您们转告他，既然他高贵得不能到我这儿来，那么我也高贵得不能到他那王宫去。”主人—女仆对卫兵们说。

国王只好亲自来请她。主人—女仆见到国王请他立刻跟他去了。国王觉得她是一个了不起的姑娘，让她坐在最小的新郎的旁边。主人—女仆坐下不久后，就把她从巨人那里带来的金母鸡、金公鸡和金苹果掏了出来，放在了面前的桌上。母鸡和公鸡因为争夺金苹果而立刻斗了起来。

“咳。你们快来看！这两只鸡正在为争夺苹果打架呢。”小王子高兴地说。

“是的，我们俩也是像这样通过千难万险地争斗从山里逃了出来。”

王子现在终于明白她到底是谁了，你能想象得出他是有多么高兴吗。他命令把对他扔苹果的那个特罗尔女巫押了下去，又用二十四匹马把她撕了个粉碎，连碎末儿都没有留下。

真正的婚礼终于开始了，尽管检察官、法官还有执行官已经疲惫得要命，但他们依旧坚持着参加了王子和主人—女仆的婚礼。

海岛怪人

远处的海里，同赦尔戈兰的特利南并排的，那里有一个叫作桑德弗里森的沙洲。那里可是一个捕鱼的好地方，不过它却经常改变方位，所以很难找到它。假如你运气好到了那儿，那么你就能捕到好多鱼。海水清澈而平静的时候，只要你靠着船的列板探出身子向下看去，就能看见海底有一道道挪兰鱼船留下来的濠沟，里面还有一个像岩石山顶似的东西，那个就是桑德弗里森沙洲。

桑德弗里森也并不是一直都呆在海底的。很久以前，它还是一个露出海面的小岛呢，一位富裕的赦尔戈兰的农夫把它当作了夏天打鱼碰上坏天气的时候用的避风港。他在那个海岛上建了一所渔家用的房子，虽然很简陋，但却要比许多渔民的房子要好得多了。现在还有人相信桑德弗里森有的时候会从海底升起来，看上去就像是一座非常可爱的海岛。

我不敢确定这一切是不是真的，不过在很久以前，它的的确确是存在过的，在那座荒凉的小岛上还发生过许多稀奇古怪的事情呢。根据渔民和航海的人说，每次船只经过那里的时候能听到笑声，跳舞声和音乐声传来，还有钉锤声，和其他嘈杂的声音，甚至还有人听到了渔民拖船时“嗨哟，嗨哟”的喊号子声，所以他们在老远的地方就避开了那里。但是，从来没有听说过桑德弗里森岛上有人住。

那个时候有一位富裕的农夫，他有两个儿子，一个名字叫约翰·尼古拉斯，而另一个叫幸运儿·安迪。哥哥是约翰·尼古拉斯，他是个捉摸不透的人，和任何人都合不来，而且比那些从挪兰来的人们都要吝啬，这就足够看出他到底是个什么样的人了。而幸运儿·安迪是一个调皮而又幽默的人，他曾夸口说，不管他陷入多么危险的境地，好运气总能把他拉出来的。他过去曾掏过老鹰的窝，鹰妈妈把他的脸抓得直流血，可他对这个一点儿也不在乎，因为他觉得只要他能捉到一只小鹰他就满足了。他的船在海里翻了——这种事在他身上经常发生——他全身湿淋淋地坐在被翻过来的船底上，全身都被冻僵了。可是当别人问他感觉怎么样的时候，他是笑呵呵地回答道：

“哦哈哈，还不错啊，我被别人救上来了，总还算是有点运气。”

当他们的父亲去世时，兄弟俩都已经长成大人了。不久后的一天，他们俩划船去桑德弗里森沙洲取夏季捕鱼时留在那里的鱼网和其他渔具时；跟往常一样的是，幸运儿·安迪带上了杆猎枪。在深秋季节，渔民很少出海捕鱼了。在航行的路途中，哥哥约翰·尼古拉斯很少说话但想的却很多。到了他们返航的时候，天已经渐渐黑了下来。

“幸运儿·安迪，喂，你看海面上，”约翰·尼古拉斯说，“今晚我们可能要遇上不好的天气了，我觉得我们最好还是留在沙洲上过夜，明天再回去。”

“哥哥，不会的，我们不可能遇上坏天气的，”幸运儿·安迪说，“海面上的七位姐妹还没带上雾帽呢。我们还是开船回家吧。”

但是约翰·尼古拉斯抱怨说他已经累得不想动了，因此兄弟两个就决定在岛上过一夜。第二天一清早安迪一醒过来，就发现只有他一个人独自地呆在那里了，哥哥和船全都不见了。他爬上了海岛的顶峰，才发现远处的海面上有一叶孤舟像海鸥一样迅速地向对面海岸驶了过去。

幸运儿·安迪十分不懂为什么哥哥要这样做。小岛上只留下了一个十字锚，一盒干粮，还有幸运儿·安迪的枪和其他一些没有的小东西。

但安迪可不是一个喜欢忧愁的小伙子，“我觉得到吃晚饭的时候哥哥就一定会回来了。”他坐下来一边吃东西，一边自言自语地说，“只要能有东西吃，傻瓜才会总是垂头丧气呢。”

夜幕已经降临了，可还没看见哥哥的影子。幸运儿·安迪在岛上等了一天接着又一天，等了一个又一个星期，最后他懂了，原来哥哥是故意把他丢在小荒岛上了，因为他想一个人霸占爸爸留下的所有财产。

而事实上也正是这样。当约翰·尼古拉斯快到海边时候，他故意让船沉入了海底，然后对人们撒谎说幸运儿·安迪已经不幸地和船一起葬身大海了。

但即使是这种糟糕情况下，幸运儿·安迪也没失去信念和勇气。他把漂到沙滩上的木头收集在一起，他还打海鸟，拾贝壳和挖当归根。然后他还做了一个木头筏子，乘筏子用人们丢在沙洲上的鱼杆钓鱼。就这样他顽强地活了下去。

有一天，安迪正在忙碌着，忽然他发现沙滩上有条拖船的痕迹，像是挪兰来的大船留下来的；他也十分清楚地看到了在水边有山顶拖船的绳子留下来的痕迹。这下他感到一点儿也不用担心了，因为传说真的变成了现实，他真实地看见了桑德弗里森沙洲的渔民们来这儿捕鱼了。

“很感谢上帝给我送来了这么多的好伙伴。我说的一点儿也没错，我这人总会有好运气的。”幸运儿·安迪在心里想着。也可能他不由自主地说了出来，不过在这个荒岛上他并不用大声地说。

秋天就这样渐渐过去了。一次他看见了一条船，他便把自己的衣裳绑在一根棍子上拼命地摇着，希望船上的人们能够看见他的求救信号。可是，船上的人们一见到信号，反而吓得赶紧降下了船帆，摇起船浆，拼命地朝相反的方向跑。他们认为是海岛上的怪人正在挥舞旗子发信号。

在圣诞节的前夕，幸运儿·安迪听到了海上传来的乐曲和琴声，他紧忙跑出去看是怎么回事，恰好看见了一艘巨大的挪兰船朝海湾驶了过来。那艘船上的巨帆形状是方形的，就像绸子一样闪闪发光；船上用的绳索没有电线粗，而且轻极了；船上的所有装备都是挪兰渔民梦寐以求的东西。

船上满是穿着蓝衣服的小矮人，靠船舵坐着的是一位姑娘。她打扮得就像是一位新娘似的，而且头上戴着美丽闪亮皇冠，穿着最华丽漂亮的衣服。幸运儿能够看得出来她并不是怪人，因为她要比那些身材矮小的怪人们高得多，漂亮得多。确实，他这一辈子都还没有见过这么可爱美丽的姑娘呢。

那艘船正向着幸运儿·安迪站着的位置驶过来。安迪灵机一动，急匆匆地跑到岛上的小房子里，抓起了挂在墙上的枪，爬到了房顶的板子上。他躲在了那里，居高临下的，可以看清楚屋里的一切，而别人却无法发现他。

没过一会儿，他就看到小矮子们一窝蜂似地进到屋里来，把屋子塞得满满的。可他们还不断地往里涌。突然，房子的墙壁噼噼啪啪地裂开了，房子向四周伸展着，房子里的摆设比任何富商家里都还要豪华，简直就像是国王的宫殿。小矮人们在桌上摆满了金碟子、金碗、银杯子还有丰盛的山珍海味美食。

小怪人们吃饱喝足了以后，就开始跳起舞来。趁着他们跳舞的当儿，幸运儿偷偷从房梁上爬了下来，飞快地跑到了怪人们的船上，把船牢牢地固定在那里。为了保证安全，他还把枪上好了膛。

等到他转回来的时候，矮子们跳舞正跳得起劲，连桌子也跳了起来。凳子、椅子、甚至屋里的一切东西都跟着跳了起来，只有新娘没有跳。她一直坐在那里观看，甚至新郎来邀请她跳舞的时候，她一掌就把他推了过去。当一切达到最高潮的时候，小提琴手连口气都顾不上喘了。他的手拉着小提琴一来一去地，他的脚也在地面上一上一下地打着拍子，直拉得他汗珠子噼噼啪啪地往下滚，满屋子的灰尘让他连小提琴在哪儿也看不到了。

幸运儿看着听着，自己的脚也情不自禁地痒了起来，他暗暗说："我觉得我应该行动了，要不然他拉琴拉得我的魂跑了。"

他马上用枪托捣乱了窗子，为了不伤及自己，他使枪筒微微向上翘起，然后对准了新娘头顶的上方，扣下了扳机。"叭"的一声响，顿时屋里乱作一团，小矮子们互相踩着十分慌乱地一古脑儿涌了出去。他们看到自己的船被锚住了，被吓得连忙钻进了岛上的一个石洞里藏了起来了。全部的金银财宝，还有新娘，全都留在了屋里。新娘坐那里向四周张望，像是刚从梦中醒过来似的。

姑娘见到安迪后，告诉他，她在小的时候是如何被怪人们偷走的。事情是这样，一天，她妈妈带她到牧场去挤牛奶。她妈妈回家去拿东西时，她独自一人在一棵落叶松树下的草坪里玩耍，并告诉她如果她想吃那里的浆果时一定要先念三遍：

“我吃绿色的浆果呀，
不忘记耶稣的十字架；
我吃红色的浆果脯呀，
想起了献身的救世主。”

她妈妈走后，她找到了许多的浆果，但是却忘记背颂妈妈教给她的顺口溜了。于是后来，小怪人们就出来了，并且把她抢到深山里去了。

她和怪人们一起生活了很多年，她除了小手指少了一个骨节外，没有受到过其他任何的损害。小怪人们对她一直都很好。不过现在的事情有些不太妙了，小怪人们中有位小伙子一心要娶她为妻，一天从早到晚缠得她不得安宁。

幸运儿·安迪知道姑娘的妈妈是谁来自哪里后，立即就明白了，原来他们还是亲戚关系呢。他们俩很快成为了好朋友。

幸运儿安迪半开玩笑地告诉她，他是一个很幸运的人。后来他们就乘船回家了，船上装满了怪人们留下的金银器具和贵重物品。这下安迪变得比他哥哥更加富裕，更加有钱了。

约翰·尼古拉斯看到弟弟运回的这些财宝以后，很是不服气。他决心要变得比弟弟更加富有。他猜到弟弟的金银财宝是从哪儿弄来的了，因为他知道海岛怪人们和特罗尔在圣诞节的前夕总是喜欢到海岛上去。因此，他提前到了桑德弗里森岛。果然，在圣诞节前一天的夜晚，他看见了一大片灯火，不过那光看起来更像海上的燐光。当它靠近海岛时，约翰·尼古拉斯听到了扑通扑通的踩水声，恐怖的哀嚎和令人毛骨悚然的尖叫声；接着又飘来一股烧焦羽毛的臭味，把他给吓得拔腿就向岛上那间木房里跑。他快速地钻进岛上的木房里，他看见那些可怕的怪人们也上岸了。他们长得又矮又圆活像一个一个的干草垛，全身上下都披着野兽皮，手上还带着手套，脚上又套着大海靴。他们的手套又大又肥，大得能挨得着地面；他们的头上长的不是头发而是簇海草。他们爬上岸时，身后留下了一道道的亮光，好似白桦木头燃起的火焰一样；他们抖了抖身子，就会火星四溅。

约翰·尼古拉斯同他的弟弟一样爬到了屋顶的板子上。怪人们带进小木屋里许多大石头。他们用大石头把手套里的冰块砸了出来。他们一边砸一边发出令人害怕的尖叫声，把藏在板子上的约翰·尼古拉斯吓得浑身抖得厉害。最后约翰鼓足了勇气想探出窗户，呼吸点新鲜空气。谁料，因为他比弟弟胖很多，他竟卡在了窗框里，出不去，也进不来了。于是，他吓得大声叫喊起来。木屋里的怪人们听到了叫声，尖叫得更凶了，他们不停地进进出出，在木房内外疯狂地蹦跳着，用力地跺着脚哀嚎。

待公鸡啼鸣时，那些怪人们就消逝了。最后约翰·尼古拉斯终于从窗框里挣脱了出来。他跑回家时，已经被吓疯了。从那天后，人们常常听到约翰·尼古拉斯家的仓库里或是屋顶的小阁楼里传出怪人的那种令人害怕的尖叫声。约翰·尼古拉斯直到他死前才恢复正常。

从那次以后，没有人再去过桑德弗里森海岛。后来，海岛下沉了，有人说那里的怪人们迁移到利康岛了。幸运儿·安迪总是有好的运气，他每次出海打鱼捕的鱼最多。无论什么时候他到利康岛去捕鱼都平安无事，因为怪人们每次不是碰巧出海了，就是到内陆去交换商品了。而且安迪无论是到卑尔根还是回家，每次都是一路顺风。他和在岛上遇到的那位姑娘结了婚，生了许多孩子。虽然他的孩子们个个都身强力壮，每个孩子左手上的小手指都少最后一个骨节。

大佩尔和小佩尔

从前有一对兄弟，他们两个名字都叫作佩尔。哥哥叫大佩尔，弟弟叫小佩尔。他们的父亲死后，大佩尔成了庄园的主人，娶了一位有嫁妆丰厚的姑娘做了妻子。小佩尔还没成年，一直和母亲在一起，住在母亲家。小佩尔长大后，得到了父亲留给自己的遗产，大佩尔对小佩尔说：

“别把母亲给吃穷了。你最好是去闯荡世界，学习某种手艺。”

小佩尔只能这么做。他买了一匹好马、整整一车的干酪和脂油，就这样进城了。他把自己所有的钱——从父亲那里得到的遗产——都用来喝酒了。城里正好在过节，小佩尔也不打算回家。节日里小佩尔请邻居们喝酒，尽情款待他们，然后邻居们又请他喝酒，同样也是热情地款待他。他就这样一直虚度光阴，直到他身无分文的时候。他把自己所有的钱，最后一个戈比都挥霍没了，口袋是空空如也，这才肯回家，回到了老母亲的家。他全部的东西只剩下一头小牛了。

春天到了。小佩尔解开了小牛的绳子，让它到大佩尔的草地上去吃草。大佩尔十分生气，一怒之下就把小牛打死了。小佩尔剥下了小牛的皮，把它挂在澡堂里晾，然后把牛皮卷起来，塞进口袋里，拿到街上去卖。他一个乡村一个乡村地走，无论到哪里，大家都嘲笑他。“我们要小牛皮干什么用?”他们笑他说。

他走啊走啊，最后来到了一座庄园。他向屋子里面张望，请求主人让他在这里过夜。

女主人回答他，“不，我不能让你在这里留宿。我丈夫到牧场了，家里就只有我一个人。你去试试到邻居们那里去请求留宿吧。如果他们不让你留宿过夜，那你就再回到这里来——因为你不能在外面露天里过夜啊。”

小佩尔听了她的话，就走了。但当他走过厨房时，偶然向小窗户里看了一下，看到一个牧师正坐在那里，女主人正在伺候他。桌子上摆着啤酒、烧酒还有一大罐牛奶粥。但是牧师刚想坐在桌子旁吃东西时，女主人的丈夫突然回来了。女主人听到从门廊里传来丈夫的脚步声，立刻把一罐牛奶粥塞到了炉子的后面，把伏特加酒和啤酒藏到了地窖里，随后又赶紧把牧师锁进厨房里的一个大箱子里。

小佩尔站在小窗子前，睁大眼睛瞧着厨房里发生的事。女主人的丈夫走进了厨房，小佩尔跟着他走进去了，请求让他留宿过夜。

丈夫回答，“那有什么呢，可以，就像是在自己家里一样，”他大方地说着，并请小佩尔和他一起吃晚饭。

小佩尔并没有多问女主人。他坐在了桌子旁边，把装有牛皮的口袋放在了脚边。

他们坐在桌子旁一起吃晚饭，可小佩尔却总在不时用脚踢踢装有牛皮的口袋。

“你这是又在胡扯什么呢？马上给我住嘴！”小佩尔大声喊叫。

主人感到很有趣问道：“你在和谁说话？”

小佩尔笑着回答：“我口袋里有个会占卦的女人。”

“她对你说了什么？”主人问小佩尔。

“她说在炉子后面的角落，那里放着一大罐牛奶粥。”

“她算出来了，可这没什么可说的！但是我们家里已经有一阵子没煮牛奶粥了！”主人大笑了起来。

“她是父亲给我留下来的遗产，我可以便宜点卖给你，”小佩尔认真地说，“说实话，我真的很不想跟她分开。但如果倘若你把那只放在厨房里的旧的大箱子跟我交换的话！”那么这个占卦女人给你了！”

“可大箱子的钥匙丢了！”女主人大声叫喊着。

小佩尔坚持说，“就算没有钥匙，我也要它。”

没过多长时间，他就与主人拍板成交了。就这样，小佩尔成为了大木箱的主人。他们没给小佩尔大木箱子钥匙，而给了他一条绳子。他用那根绳子把大木箱子捆了起来。主人帮他把大木箱放到了他背上，于是小佩尔就背着那大旧木箱子离开了屋子。

他走啊走啊走了很久，走到了一座桥上。桥下小河的河水快速地流着，水流得非常急，变成了波涛汹涌的急流，径直往下泻去，激起巨大的浪花，发出哗啦啦的响声，使整座桥都晃来晃去十分不稳。

“哎呀，我不该喝烧酒的！”小佩尔说，“我现在怎么才能把这个大木箱子拖过河呢？要不是我喝醉了的话，我怎么也不会用占卦女人来换它的！我把它扔进河里——事情就没有了！”

他动手开始解绳子。

“哎哟！请看在上帝的份上，求你救救我吧！你的大木箱子里还有一个牧师！”牧师在大木箱里大声地叫喊着。

“肯定是鬼在假扮牧师，”小佩尔对自己说，“不过，它无论是变成牧师还是变成什么圣堂工友，对我来说都是一样的——把它扔到河里，就再没有事情可以烦我!”

“哎哟！求你不要扔！求你不要扔！我是这个教区的牧师啊！我来找女主人，是为拯救她的灵魂的。她的丈夫是个刻薄、凶恶的人，所以她只好让我藏到大木箱子里。我的身上有块带金链的银怀表，另外还有八百塔勒都一起拿走吧，只要你能放了我！不把我扔进河里。”牧师喊叫。

“噢哟！看来，你还真的是个牧师。”小佩尔大笑着说。然后他拿起一块大石头，砸开了大木箱的锁，让牧师从里面出来。牧师把怀表和钱都给他了，空着身回家了。

小佩尔拿着怀表和钱也回家去了。

到了家他对大佩尔说，“现在集市上高价出售牛皮。”

“你的那张牛皮卖了多少钱啊?”大佩尔饶有兴趣地问他。

“我的那张牛皮很不好，可是我也卖了八百塔勒。要是把牛养得再大一点，再肥一点，肯定能多卖出一倍的钱。”小佩尔向他的哥哥解释道，并把钱拿给他看。

“这很好，你告诉我的这个情况很好。”大佩尔高兴地说。

大佩尔想都没想回到家就马上把所有的小牛和大牛都宰了，然后剥下它们的皮，把牛皮拿到了城里去卖。

他来到城里原市场上，皮革商们走来问他，他的牛皮怎么卖啊。大佩尔自豪地回答他们:

“小的牛皮每张卖八百塔勒，大的牛皮则翻一倍。”

城里的居民听了他的话都嘲笑他，于是大佩尔赶快回到了家。他终于明白小佩尔欺骗了他。

神奇的鸟

在很久以前有一个国王，他生了十二个女儿，他很喜欢她们，不让她们离开自己半步。每天午饭后，国王正午睡时候，公主们就会出去散步。有一天中午国王睡着了，公主们又出去散步，但是再也没回来。整个王国都感到非常的悲伤，但是最悲伤的是她们的父亲国王。他派使者到周围的各个王国去，是为了在每个教堂里都向人们宣布这一不幸的消息，并让全部的钟楼都以敲钟方式向人们宣布这个不幸的消息。国王的女儿们一直都没回来，没有人知道她们到底去了哪里，她们仿佛是钻到地底下去了。

公主们失踪的消息很快地传到了全国各地：传到了城市和乡村，传到了遥远的山区和异国他乡，最后传到了一个很远很远的国度，那个王国的国王有十二个儿子。王子们听到这个消息后，立即请求父亲让他们去寻找那个国王的女儿们。但父亲不愿意让他们去，他担心自己以后再也见不到儿子们了。但是他们给父亲跪下来，苦苦地哀求他，终于他们得到了父亲的允许。国王为他们准备了一艘船，并派了一名红色骑士当他们的航海长，因为这位骑士对大海非常了解。

他们在海面上航行了很长时间，海船每到达一个地方，他们就会去打听公主们的下落，但至今都没有人听到有关她们的任何消息。就这样，一转眼七年过去了。一天，海上刮起了暴风，暴风刮得很猛烈，他们已经不抱任何希望能够再次回到陆地上。他们都已经有两天两夜没合眼了。终于到第三天风平浪静了。大家都已经疲惫不堪了，不一会儿就都睡着了。但是只有最小的王子还是无法平静下来，他总是睡不着。

他在甲板上走来走去，这时海船正在向一个小岛驶去。靠近小岛王子看见有一只小狗在海岸上跑来跑去，它狂吠着，向船跑来，好像是想跳上船。王子在甲板上走来走去，呼唤它，召唤它。但它叫得更加厉害了，跑得更加快了。他不禁开始可怜起小狗来：毫无疑问，它是从暴风中沉没的船只上飘到岛上去的。但是他也没有办法来帮助它。他怎么能撇下海船，自己一人划着只小船去救小狗呢？哥哥们都睡得很熟，他不想为了救一只小狗而叫醒他们。但大海十分平静，王子决定去海岸上救这只小狗。他放下了一只小船，小船快速向海岸飞驰而去。到了海岸上，王子走到了小狗跟前，但每当他要抱它时，它就马上跑到一边去，引着他越走越远，最后他来到了小岛的深处。王子还没来得及清醒过来，就不知不觉走进一座巨大的城堡里。就在这时小狗变成了一位可爱而又美丽的公主。长凳上坐着一位可怕的巨人，把王子吓得惊慌不安。

巨人说，“不要害怕。”

听到他可怕的声音，王子吓得身子都开始哆嗦起来。

“我十分清楚，你想要什么。我知道你们十二个王子想要什么，你们现在在寻找那十二个失踪的公主。我很清楚她们在哪里，她们在我的主人那儿。每个公主都坐在金椅子上，给主人梳头，因为他有十二个脑袋。你们已经航行七年了，但是你们要是想找到她们，还得再航行七年。告诉你个不错的主意你可以留在这里，”巨人对小王子说，“你可以娶我的女儿做你的妻子，但是首先你得杀死那个长有十二个头的特罗利。他是我们共同的敌人，他给我们大家带来了数不尽祸害，他死后，我会替代他成为国王。现在你去试试能否举起这把剑。”巨人严肃地说。

王子抓住那把挂在墙上的又旧又锈的剑，但是他只能勉强地挪动它。

“喝一口这瓶子里的水。”巨人建议小王子说。

喝了第一口水后，王子就能移动剑了。喝了第二口水后——他就能把剑举起来了，喝了第三口水后——他觉得那把剑比羽毛还轻了。

“你回到船上后，把这把剑藏在你自己的舱房里，不要让你们的红色骑士航海长看到。这把剑不能落入他的手中。因为无论什么情况航海长都是你们共同的敌人。等到还差三天七年的时候，”巨人继续说着，“海面上又会重现今天发生的这种情形。海上刮起十分可怕的风暴。风暴过去后，大家都睡着了，你就拿起这把剑，划着小船到岸上去。到那里后你会看见一座由狼、熊、狮子三种动物守卫的城堡。不过你不要害怕——因为它们会向你下跪的。走进城堡，在一个房间里你会看到特罗利和十二位公主。每位公主都坐在金椅子上，都在给特罗利梳理他那十二个头。你知道，她们不喜欢干这种活儿。而你呢，不要浪费时间，要把特罗利的头一个一个地全都砍下来。不要让特罗利醒来，如果他看见了你，那他会把你活活地吞下去的。”

王子回到了船上，他没有忘记巨人的话。他的哥哥还在睡觉，于是他趁机把剑藏在自己的舱房里，没让红色骑士和其他人看见。就在这个时候，海面上刮起了顺风，王子叫醒了所有在睡觉的人们：

“这像话吗，刮起了顺风，你们还在睡觉！”谁也不知道王子已经去了岸上一趟。

当他们还差三天航行了七年时，发生了巨人所说的一切。连续刮了三天暴风。风暴过后，大家都筋疲力尽了，躺在床上都睡着了。最小的王子划着一条小船上岸了，那里的看守们都向他跪了下来，接着他就走进了城堡。在一个房间里，他看到了正在睡觉的特罗利。正如巨人所告诉王子的那样，十二个公主都坐在金椅子上面，每人都在给特罗利梳理他的十二个头中的一个。王子向公主们暗示，让她们离开。但是她们向他指了指特罗利，告诉他最好离开。但他继续用手势向她们解释，让她们离开屋子。这时她们终于明白了，原来王子想救她们，她们尽可能快地躲了起来。王子快速地砍下特罗利的十二个头，此时已经血流成河了。

特罗利死后，王子又划着小船回到了海船上，他把剑藏了起来。“重要的事情终于办到了。”王子心想，但他不敢一个人把特罗利的尸体搬走。求别人帮助他吧。他叫醒了正在呼呼大睡的人们，并且奚落他们说，当自己找到公主们，开始解救她们时，他们却在呼呼大睡。大家都嘲笑他，说他和所有的人都一样睡着了，无疑他是在做梦，梦见自己救了公主们。如果谁能有机会救出公主们，那大概也是他们中的某个人。但最小的王子讲述了在岸上所发生的一切，他们就跟着他上岸了。刚上岸时他们看到了，血流成河，接着就看到城堡和特罗利的尸体以及特罗利被砍下的十二个头，到最后看到了十二位公主们。最小的王子向他们说出了实情，他们大家一起把特罗利的头和尸体扔进了海里。他们都觉得很高兴，但是最高兴的还是公主们：因为她们现在不必每天坐着给特罗利梳头了。他们带上能带走的银子、金子和珍宝，回到了船上。

船开走了，离开了海岸，公主们突然想起，她们太高兴了而把自己的金冠忘在城堡里了。金冠就放在柜子里，公主们都很想取回金冠。可是没有人愿回去取金冠。这时最小的王子勇敢地说：

“以前我不是胆小鬼，现在也不会再疏忽大意。你们拉下风帆，等我吧。”

哥哥们同意了他的请求。但是，最小的王子刚一离开，虚伪的红色骑士为了获得荣誉，娶国王最小的女儿做妻子，就对大家说，不必再等王子回来了，他永远也不会回来了。大家都清楚，国王赋予了红色骑士最高的权力，允许他依照自己的意念，想什么时候航行就什么时候航行。后来哥哥们答应了红色骑士回去对国王说，是红色骑士救了公主们，不然——他们就会被砍掉脑袋。公主们也不敢顶撞红色骑士，于是红色骑士驾驶着船启航了。

最小的王子上了岸，向着城堡走去。他找到了放着金冠的柜子，并把它拖到了岸边，装到了小船上。但他离岸后，发现海船已经消失得无影无踪了。这时王子明白发生什么事了。划着小船去追赶大船——肯定是徒劳的，于是他就把小船又划到了岸边。他不敢在城堡里过夜，但是又实在是没有其他的住处。他鼓起了勇气，关上城堡里的一些门，在众多房间中的一个躺下来睡觉。他越来越害怕：城堡的墙壁和屋顶，不知是什么东西发出嘎吱嘎吱的响声和隆隆的响声，似乎城堡马上就要倒塌似的。突然床边长出了个像捆干草似的东西。然后一切又恢复了平静，他听见一个声音在安慰他：

我是神奇的鸟儿，

我会竭尽全力帮助你的！

“你明天早上一醒来，就到板棚里，搬四桶黑麦来。那是我明天的早餐，要不然的话，我可什么也做不了。”

第二天早上王子醒来后，就看见一只巨大的鸟在他旁边。它脖子上的羽毛像一棵小云杉似的。王子去了板棚，为神奇的鸟搬来了四桶黑麦。神奇的鸟儿吃了这些黑麦后，吩咐王子把放有金冠的柜子吊在它脖子的一边，然后再收集同样重量的银子和金子，吊在它脖子的另一边。最后让王子骑在它的背上，抓住它的两只翅膀。

神奇的鸟儿腾空而起，就迅速地飞走了，只听到风呼啸的声音，不一会儿他们就追上了红色骑士控制的船。王子想到海船上去取剑，但他怕会有人看到这把剑，而善良的巨人也曾经告诉过他，谁也不能看到这把剑。神奇的鸟儿安慰着王子说：

“红色骑士是不会发现这把剑的，但是如果你落到了海船上，那他一定会杀了你的。他想娶最小的公主做妻子。但是你对她可以完全放心：每晚她都把出鞘的剑放在自己的身边。”

最后，他们还是飞到了善良的巨人那里，巨人十分热烈地欢迎了他们。但他不知怎样感谢王子帮助自己杀死了凶恶的特罗利。他准备把自己的女儿嫁给王子做他的妻子，另外还会给他半个王国。但王子却喜欢国王十二个女儿中最小的那个公主，因此他一直都坐立不安，十分担心最小的公主：他还是十分急着要上路。巨人让他静下心来，哪怕是静下一会儿也好。他的哥哥们还得在海面上航行七年才能回到家。巨人也重复了神奇的鸟儿对小王子说过的关于最小的公主的话：

“对她你可以完全放心。每晚她都把出鞘的剑放在自己的身边。如果你不相信的话，”巨人对小王子说，“你可以从海船旁经过时，登上船去看看最小的公主，并且把我的那把剑拿回来还给我：或许它还会有用处。”

他们从海船旁边经过时，海面上并不是很平静。王子登上海船时，船上每个人都在睡觉，每位公主身边都躺着一位王子。但是只有最小的公主是单独一个人，她的身边放着一把出鞘的剑，红色骑士则睡在她床旁边的地板上。没有人发现王子，他拿走了剑，返回到岸上去了。

但是过了还差三个星期七年后，王子的心里感到非常不平静，因为他又要上路了，巨人对他说：

“既然你不愿意与我们待在一起，那你就走吧。我给你一条小铁船。这条小船会自己行驶，只要你命令：‘前进，小船！’小船上放着一个铁球。当你看见海船时，把这个铁球升起来，海船上的人就不会朝你这里看了。当你靠近海船时，再把这个铁球升起，就会刮起风暴，他们就没有工夫关注你了。当你从海船旁驶过时，把这个铁球升起。你要小心地把铁球放回到原来的地方，要不然，恶劣的风暴会把你以及海船上的那些人都毁了的。你登上陆地后，不必担心小船。把小船转个方向，从岸边推开，对它说：‘走老路回去吧！’”

巨人送王子上路了，给他很多银子、金子、珍宝，以及会施魔法的公主这些年给他缝制的内衣和外衣，这样的话最小的王子就要比他的哥哥们都富裕得多。他还没坐好，就开始命令道：“前进，小船！”小船就向前行驶。王子看到了前面的海船，就升起那个铁球，如巨人所说海船上的人们真的没有注意小船和他。当他和海船并排前行的时候，他又把铁球升起来了，于是海面上就刮起了风，接着就是暴风肆虐。海船的周围翻腾起白色的大浪花，巨大的浪花向甲板上打来。他的哥哥们和红色骑士航海长根本就没注意到最小的王子。他超过了海船，第三次升起了铁球，于是他们又有了很多事情要做，以致于谁也没有去注意小王子。他比海船早上岸很长时间。靠上岸，他把所有的财产都卸了下来，又把小船推入水中，让它转个方向，对它说：

“走老路回去吧!”小船就自己行驶回去了。

王子换上了水手的衣服，走进了一间破旧的茅屋里，屋里住着一位孤苦伶仃的老太婆。他说自己是一条大船上的穷水手，大船沉没在海里了，只有他一人幸免于难存活了下来。水手求老太婆允许他住在她的屋子里，让他把自己的东西都搬到这里来。

老太婆说：“请原谅我吧，我的屋子不让任何人住。你都看到了我是怎么生活的。我连套被褥都没有，我怎么让客人在这里睡觉呢?”

“我什么都不需要，只要能住下就行。”水手说，“我像她那样生活，难道她会不同意让我在她家里住吗?”小王子心想。

晚上他就把东西都拖来了，他刚把东西搬到屋里，老太婆就过来找他谈话想从他口中打听这世上的消息，她想把这些新鲜消息讲给邻居们听。老太婆问了他很多问题：比如他是谁，从哪儿来，要到哪儿去，他随身都带了些什么东西，为什么会坐船到这个地方来，是否听说过很多年前失踪的十二个公主的消息。回答所有的问题，需要花费很长时间，水手说他现在感到很累，因为恶劣的天气，他的头很疼，思路都混乱了。他求老太婆让他安静几天，他需要清醒一下，清醒后他会告诉老太婆所感兴趣的一切，以及她更感兴趣的事。可是到了第二天，老太婆又缠住水手问他各种问题。恶劣的天气过去之后，水手依然感觉到头痛，痛得没办法理清自己的思路，然而他说出了有关国王的女儿们的事。老太婆听了之后，马上就去告诉左邻右舍那些多嘴多舌的老太婆们。结果不断有老太婆跑来找水手问这问那，她们很关心公主们的命运：他是否看见了国王的女儿们，她们是否很快就会回来，或许，她们是否在回来的途中等等。水手回答他的头很痛，思路全乱套了。如果没有风暴的话，她们两个星期后到，或许会更早到来了，但是他并不知道她们是否还活着。说真的，他曾见过公主们，但是在这段时间里她们也许会随船沉没。

其中的一个多嘴多舌的老太婆跑到国王的城堡里，告诉国王那个老太婆的屋里住着一位水手，他见过公主们，还说两个星期后公主们就会回来了，没准八天后就回来了。国王听到这些后，就十分高兴地邀请水手到他的王宫中去，让他给大家讲讲。

水手说：“我的模样不合适进入王宫，我没有像样的衣服能穿着去见国王。”

但国王的使者十分坚持。国王希望、也必须和他谈谈，尽管他穿得不好。到目前为止，还是有人能说出公主们的情况。

水手不得不到王宫里去。国王问他，“人们都在说你看见过公主们，这是不是真的?”

“确实是真的，我见过她们，”水手回答着国王的问题，“但我不知道她们现在是否还活着。当时刮着很大的风暴，我们的海船沉没了。如果她们还活着，要么两个星期后，或许更早些，就会回来。”

国王听了水手的话后很高兴，高兴得跳起舞来。公主们回来的日子到了，国王穿上了节日才穿的盛装来到了海岸边。当载着公主们、王子们和红色骑士的海船驶向岸边时，整个王国都沉浸在欢喜之中。但是感到最幸福的是年老的国王，因为他的女儿们又回来了。前十一个公主也很快活、很高兴，只有最小的、要嫁给红色骑士的那个公主在哭泣，她非常伤心。国王很不喜欢这样，他问她，为什么她不像其他的公主们一样高兴呢？她在伤心什么呢？她摆脱了凶恶的特罗利，却得到红色骑士这样的人做自己的丈夫。但公主却一直都沉默不语，因为红色骑士威胁过她，不让她讲出事情的经过。

一天，公主们正在缝制自己的婚纱，一个身穿水手服的人背着一个大货箱，走了进来。他问公主们想不想买一些结婚用品。小贩那里有很多罕见的、用银子和金子做成的珍宝。她们看见货物和小贩，觉得他本人和这些珍宝都似乎曾经见过。

最小的公主说：“有这么多金子的人，他大概会有更贵重的东西，也就是说，我们现在最需要的东西。”

“或许，是这样吧。”货郎说。

其他的公主对小公主发出嘘嘘声，提醒她，千万不要忘了红色骑士的威胁。

转眼过了一段时间，公主们又坐在窗子前，而穿着水手服的王子在城堡的附近出现，他背着一只装有金冠的箱子。他走进公主们的房间，打开了箱子。她们看见了自己的金冠，最小的公主说：

“我觉得，真正救我们的人，应该得到奖赏。解救我们的人不是红色骑士，而是背来金冠的人。”

王子脱下了身上的水手服，大家看到，他穿的衣服比哥哥们更加华贵。年老的国王立即下令处死红色骑士。现在国王的城堡里第一次出现了兴高采烈的场面。王子们都娶了公主为妻，并一起举行了婚礼，婚礼的好消息也传遍了十二个王国。

乡绅的新娘

很久很久之前，挪威有一个十分有钱的乡绅，这个乡绅叫作汉森。他有散不尽的土地，还有一幢漂亮的房子。他的箱子中装满了银币，银行中也存着好多的金币。但他却觉得十分孤独，因为他是一个鳏夫。这么多年来，他一直自己一人生活。

一天，附近的一个农夫的女儿奥尔嘉·拉森来到他的草场干活。汉森看见拉森以后就很喜欢她。但是汉森已经是个老头子了，要是娶一个年轻姑娘就太不相称了。可是奥尔嘉的父亲十分穷，而且欠了乡绅一屁股债。乡绅认为，只要自己稍为地暗示一小下，奥尔嘉也许马上就会答应嫁给他的。

想到这里，他就向奥尔嘉走了过去，姑娘正在草场上面翻晒干草呢。

“我正在考虑再结一次婚。”乡绅对姑娘说着。

“是的，一个人总会考虑很多事情，”姑娘笑了笑，就继续翻晒着干草，然后又自言自语地说，“但你年岁太大了，哪个姑娘愿意嫁给你呢？”

汉森乡绅说道：“瞧！我想你或许能成为我的妻子。”说完，他就笑了笑，期待着姑娘能够给他一个令他满意的答案。

“不，先生，真的很谢谢您，那根本不可能的！”姑娘笑了笑答道。

与许多富人一般，这乡绅也习惯了随心所欲，想去干什么就去干什么。奥尔嘉越是想要摆脱他，他就越是想娶她为妻。他一遍又一遍地劝告姑娘答应做他的妻子，但姑娘的回答只是一个“不”字。

到最后，乡绅发了怒，他派人去叫来了姑娘的父亲。“听着，拉森，”他对着农夫说，“我要娶你的女儿奥尔嘉为妻子，如果你能使你的女儿愿意嫁给我，你欠我的钱就会一笔勾销，并且我还会把一块靠近你家草地边上的地送予你。”

“先生，我会去开导她的。”奥尔嘉的父亲认真地说道，“毕竟，她还非常的年轻，还不知道什么是好什么是坏，你就放一千个心吧，她一定会按照我的话去做的。”

但是，父亲一切的威逼利诱对于姑娘都无济于事。“我不能够嫁给这样的一个老乡绅，”奥尔嘉十分坚决地说，“他即使是拥有金山银山我也不会愿意！我不想和他结婚！”

乡绅在家里等了很多天。过了有好几天，农夫才过来告诉他：“我女儿还没有决定，她想要再考虑考虑。”农夫不敢将女儿的话如实地告诉乡绅。

最后，乡绅等得实在不耐烦了。他十分生气地对农夫说道，如果你希望将你的女儿嫁给我的话，那你就马上将这桩婚事定下来，我可是没有耐心再等下去了，否则你立刻将欠我的钱全部还清。

农夫想了一会，然后又立刻说：“即使奥尔嘉同意嫁给你，我也没钱为她买一件新衣服，或是新娘的面纱和花冠。我也没钱来举行婚礼，那时候还得给来参加婚礼的宾客们准备许多的酒和美食，这我承担不起的。”

“这些你都不要放在心上，”汉森乡绅说道，“我会为她买一件最漂亮的新衣服，我还可以给她买一条面纱及一顶花冠。至于婚宴嘛，则是由我来举办，到时我会邀请所有的邻居到我的家中来参加婚礼。”然后，他接着又说道，“你的女儿必须要快一点儿作决定，不然我们之间的交易就算作废了。事实上，她如果不愿嫁给我，你就得在收割季节以前把欠我的钱全还清！”

可怜的拉森，他能到哪儿去弄这么多钱来还清欠乡绅的债呢？他现在也是走投无路，最后只得去同乡绅说：“奥尔嘉愿意嫁给你。”他说，“我们打算这样办，把她的结婚礼服、面纱和花冠都放在你这里。当客人与牧师到齐之后，你让我把奥尔嘉请去，装作好像是让她来农场干活一般。等到了那时，你最好在最后的一刻来到之前都不要露面。她来到之后，请女仆给她穿戴好，在她还没有时间仔细考虑以前，你就早已经和她成了亲。”

为了举办乡绅的婚礼，仆人忙了整整有一个星期没有休息。他们烤了很多美食，烘了很多面包，酿造了很多美酒。婚礼的那一天终于来了，客人与牧师全都聚集在大厅中等候着新娘。这时候，乡绅汉森才将他的一个贴身仆人叫过来。“去农夫拉森家，叫他将他答应的东西为我送来，”他命令说，“如果你不快速地将她给我带来，我就把你狠揍一顿。”

仆人奉命飞似的来到了农夫的家中。“我家主人今天忙得都不可开交了，他要你将对他答应好的东西马上送到他的家中去。”他累得上气不接下气地对农夫说。

“你快到草场中去，在那里能找到她，将她带走就行了。”奥尔嘉的父亲说道。

仆人又连忙来到草场，看到农夫的女儿奥尔嘉正在那里翻晒干草。“姑娘，我来取你父亲同乡绅许诺过的东西. 我要马上把你带回去。”他气喘吁吁地说道。

聪明的奥尔嘉灵机一动，笑容可掬地对那乡绅的仆人说：“噢，噢，我想是那匹栗色马吧，它正在小溪的对面吃草，将它带回去吧。”

奥尔嘉想到乡绅看到仆人带着一匹马却不是新娘回到家中时的那个模样，就不由的大笑了起来。

仆人骑上了那匹栗色马，飞一般地来到乡绅的宅院前，他跳下马，进了大厅，找到正在与客人应酬的乡绅。

“你将她带来了吗?”乡绅小声地说道。

“是的，我带回来了，老爷，”仆人认真地回答道，“它正在门外等您呢。”

“那就立刻把她带到厨房上面的那间大房间中。”乡绅吩咐仆人。

“可是，老爷，有什么方法才能使它上去呢?”仆人十分吃惊地问道。

“别在这里啰嗦了，按照我的吩咐去做吧，”乡绅命令说，“如果你一个人不行的话，就叫几个人帮助你，懂了吗?”他认为那姑娘可能会惹出麻烦事来。

仆人抬起头看了看乡绅的脸色，觉得再同他说也没有什么用了，便走出了大厅，将所有的男仆都叫了过来。他们中间有的人拉住马的缰绳，两个人抬住马的前腿，其余的几个人使劲地在马屁股后推着。就这样，所有的仆人都费了九牛二虎之力，才将那匹十分害怕的栗色马弄到了厨房上的那间大房间中。房间的床上，放有一件漂亮的结婚礼服及一些华丽的装饰品。

“老爷，我把事办完了，”仆人认真地对他的主人说道，“它现在就在楼上，这可真是件不容易的事啊，这可比我将它弄来累很多了。”

“好了，别说了，不会让你白干的，”他的主人严厉地说，“现在你快去叫上那些女仆，为她穿上新婚礼服。”

“但是老爷，我从来没听说过……”“闭嘴，你这个蠢货！”仆人的话还没有说完，他的主人就发火了，“快去，按我的吩咐去做，不管她愿意还是不愿意，一定要叫女仆为她穿上结婚礼服，千万别忘了给她戴上花冠。”

仆人飞快地跑进厨房，哈哈大笑了起来。“听好！姑娘们，老爷要让你们立刻到楼上面，为那匹栗色小马穿上最为华丽、最为漂亮的结婚礼服，要将它打扮得像新娘子一样。老爷一定想博得客人们一笑，你们最好赶快去做。”

女仆们用漂亮的衣服为那匹马打扮起来，并将结婚用的花冠紧紧地系在了马头上。

“老爷，一切都穿戴妥当了。”女仆朝楼下的老爷叫着，她们简直都无法忍住让自己不笑出声来。

“很好，将她带下来，”乡绅说道，“我要亲自到门边迎候我的美丽的新娘。”

他的话音刚刚落，只听见楼梯上传来了一阵连续的马蹄声。因为这位新娘的脚上没有穿着绣花鞋，却是钉着马蹄铁。门打开了，乡绅的“新娘”身着华丽漂亮的结婚礼服，头戴着花冠走进了客厅。所有的嘉宾看到之后，一下子大笑起来。他们相互搂抱着、捶打着，大家都笑得上气不接下气，笑得眼泪都流出来了。

从此这个既愚蠢又可怜的老乡绅就成了全村人笑话的对象。打这之后，他再不敢欺负奥尔嘉一家人了。

鹅太太的自行车旅行

“我有个非常重要的消息要告诉你。”在9月里的一个晴朗早晨，鹅太太十分郑重其事地对松鼠太太说道。

“什么重要的消息?”松鼠太太一边问一边用她那一双棕色大眼睛，从上到下认真仔细地打量着鹅太太。

“我打算要作一次自行车旅行。你看，现在的天气多好啊——又凉爽又清新，地上还开满了让人喜欢的黄色小雏菊，树叶也都开始慢慢地变黄了。”

松鼠太太还在继续打她手中的毛衣，然后惊奇地问：“你没有自行车，怎么能够骑着自行车旅行啊?”

这个问题把鹅太太一下子给问住了，脸上也露出了十分吃惊的神色，但是过了一会，她又答说：“可我认为这并不重要，真的不重要，我能在五金店中租一辆自行车，那里有好多自行车呢!

“那是，也对。”松鼠太太点着头对鹅太太说。她觉得鹅太太这次想出了一个好主意。

“噢，那你打算穿什么样的衣服呢?”她又问道，“你的裙子太长了，它不方便骑自行车的。”

“这个我知道，”鹅太太很快地回答说，“可是我已想好了。我打算穿上一条比较宽松的便裤——红色的便裤，火鸡先生的百货商店就出售这种裤子。”

“噢!”松鼠太太吃惊地叫了起来，她无法想象鹅太太穿着一条红色便裤将会是多么的滑稽。“那么你准备骑车去哪儿旅行呢?”松鼠太太再次问鹅太太，“我只是想在这附近转一转，在树林的小道中遛遛。”

“噢，不!”鹅太太又急忙地告诉它，“我打算先同我的自行车一起，去搭乘动物镇中的火车，一直坐到高山那儿，在高山那里下车，然后骑着自行车回到家来，回来的路途大多数都是下坡路。”

“是这样啊。”松鼠太太自言自语地说。她被鹅太太的这个周密宏伟计划惊得目瞪口呆了。鹅太太好像已经周密地考虑到了所有的一切，她好似甚至连没有自行车这个小小的难题都解决好了。

鹅太太走了后，松鼠太太放下手中正在织的毛衣就上街去了。她并不是想买什么东西，而是和人们聊了很多时候——聊的是关于鹅太太那个骑自行车去旅行的事情。

“她把一切都计划得妥当了，”松鼠太太对着三只鸭子大声地说，“这让你们吃惊吧，鹅太太要去买一条红色便裤，然后租上一辆自行车，乘火车到高山上去，最后顺着斜坡就能够毫不费力地骑回来。”

“听起来我觉得她安排得非常好，”三只鸭子呱呱地说道。

“听起来的确是不错，”黑猫也喵喵地叫了几声，“可是事情不会这么顺利的，我很了解鹅太太，我们等着吧，一定会有事发生的！”

“我们大家都十分了解鹅太太，”松鼠太太坚持说，“但是这次我相信她一定会成功的，不会出现什么麻烦事的。”

“我们也很想参与这次旅行。”三只鸭子叹息道。

“这也许是一件很有趣的事情。”猪先生饶有兴趣地说道。

“这对减肥也极有帮助。”三只鸭子目不转睛地看着猪先生说。猪先生立即把自己的蹄子放到了肚子上，尴尬地笑了笑，把脸转过去看别的地方。他自然明白，三只鸭子说这句话是什么意思。

但这时候，鹅太太正在火鸡先生的百货店中挑选着红色便裤。火鸡先生给她挑了一条，她将它罩在了自己的绿棉衣的外面。

“这条便裤看来并不是很合身。”鹅太太一边同火鸡先生说，一边在镜子前转来转去地看着自己。

火鸡先生点头说道：“是的，我也认为这条便裤不十分合适你。鹅太太，裤腿部分要短一些，而腰部则需要再宽些。”

“是的，的确是这样。”鹅太太笑着回答道。

“但是我们能给你改一改这条裤子。”

“这很好啊，但是我后天要坐 10 点钟的火车，你能在那之前完成吗？”鹅太太十分不放心地问道。

“这没问题，到时我一定会为你准备好的。”

鹅太太神色很不安地在火鸡先生的面前走来走去。“我还是有点担心，”鹅太太说道，“如果我已做好了即将动身的准备，事先已经装好了午饭，也买好了车票，但那时如果衣服还没改好的话，我该怎么办呢？”

“亲爱的鹅太太，请您放心，”火鸡先生胸有成竹地告诉她，“我保证，你就在去乘火车的路上到店来取裤子吧，请不要担心！”

“那好吧，我希望一切都能如我所愿。”鹅太太咕哝说，匆忙地走了。

谁知在第二天，她不停地去火鸡先生的百货店中打听她那条裤子的情况。火鸡先生告诉它，还在修改那条宽松的便裤时，她就会不断地叹息摇头。“我们一定会准时将它改好，请您放心吧！”火鸡先生对着它说。

她告诉火鸡先生：“我知道我这样做很傻，可我就是总这么紧张不安，没办法不去想它。”

“您快去准备你的午饭吧，买你的东西吧，”火鸡先生耐心地劝说鹅太太，“先将其他一切准备妥当。”

“这是一个好主意！”她一说完，就匆忙地离开了。

“到第二天，天空十分晴朗，阳光特别明媚，鹅太太一群朋友都聚集在车站的月台上，准备给它送行。火车快进站了，鹅太太还是没有出现，大家都焦急不安起来。

“哎呀，不好，”猪先生一边说着一边拿出了一只大挂表，“不知道鹅太太究竟是出了什么事？”“她被那一条红便裤搞得心绪不宁，”三只鸭子呱呱地说道，“她一直在担心那条便裤是否能够按时改好。”

“看，你们看！她来了，还穿着那条红色宽松便裤来了！”松鼠太太大声叫了起来。

“看啊，噢！火车来了，”三只鸭子也嘎嘎地叫出声来，“这下可好了啊！你好，鹅太太，你看上去是多么的漂亮呀！”

“是啊，现在这条便裤合身了。”鹅太太笑着对他们说，并原地转了一圈让他们看她的红色新便裤。

“它看上去像是一棵大大、红红的卷心菜，的确如此，”松鼠太太心里想着，“她该知道自己并不适合穿红便裤。”（但是她没有说出来）”。

“火车要靠站了，”猪先生咕哝咕哝道，“快，你快上车吧！”

鹅太太兴高采烈地就登上了火车。

“咦，火车为什么还不开啊？”过了一会她问道。

“火车正在装邮件和包裹，”松鼠太太回答道，“我想，其中有个包裹就是你的自行车，是不是啊，鹅太太?”

鹅太太站到火车车厢的踏板上，双眼紧闭着；她那只扁平的嘴张得很大，看上去好像有些不舒服。

“哎呀，你这是怎么啦?”她的朋友们异口同声地问道。

“噢，我一直在担心我的便裤，以致于我无法考虑别的事情了。”

“是这样吗?”

“我似乎是忘记了……”

“我知道了，”松鼠太太对鹅太太说，“你是忘记了你的自行车，鹅太太，是不是啊?”

“我就知道事情是不会一帆风顺的，”猪先生无奈地说，“并且，这比我预料的要更糟糕，她要骑自行车去作一次旅行，但竟然忘了带它的自行车，哈！哈！哈!”

就在这时，火车已经开始缓缓地移动了。

“快下车，你快下车吧!”三只鸭子激动地嘎嘎叫着。

“但我的午饭已经准备好了，车票也已经买好了。”鹅太太十分伤心地答道。

“可你没有租自行车啊。”

于是，鹅太太不得不拍着它的翅膀下车了。“你能坐明天这班火车。”他们急忙地催促它快点去五金店，让她保证再也不会忘了带着自行车。

于是，鹅太太乘坐了第二天的火车。她十分高兴延误了昨天的火车，因为猪先生也决定和它一起去骑自行车旅行，它们两个骑着一辆能够变速的自行车，三只鸭子也非常乐意与他们一起去自行车旅行，他们骑的是一辆三人骑的自行车。这样一行人骑着自行车十分愉快地向着火车站飞驰而去。